じめての映画撮影
JN042766
「す、すごい……」
Character
御堂美羽
みどうみう
超人気ファッションモデル。所属している芸能事務所の社長から強引な説得を受けた結果、海外映画デビューを飾ることになる……優夜とともに

（とにかく……早く美羽さんを救出して、
この撮影を終わらせよう）

美羽さんの拘束を解除できた俺は、
そのまま彼女を抱きかかえる。
話の設定上、美羽さんは身体的に衰弱しており、
俺が抱えて廃工場を脱出するという流れだったからだ。
こうして俺が美羽さんを救出しようと動き出した、
その瞬間だった。
「ッ！」
なんと、工場の天井から、
屋根を支えていた鉄筋が落ちてきたのだ！

異世界でチート能力(スキル)を手にした俺は、現実世界をも無双する16

〜レベルアップは人生を変えた〜

美紅

ファンタジア文庫

3425

口絵・本文イラスト　桑島黎音

異世界でチート能力（スキル）を手にした俺は、現実世界をも無双する16

～レベルアップは人生を変えた～

I got a cheat ability in a different world, and became extraordinary even in the real world.16

Miku illustration:Rein Kuwashima

プロローグ

「お主の相手は――かつて地球に君臨していた神じゃよ」

「え？」

俺……天上優夜（てんじょうゆうや）は、霊冥（レイメイ）様の言葉に目を見開いた。

「れ、霊冥様は、その神を知ってるんですか？」

確かに、サーラさんの話では、かつて地球には神がいたということだったが……。

「まあのう。とはいえ、そこまで詳しく知っているわけではない。せいぜい、人類に滅ぼされた存在、という程度の知識じゃな」

「人類に⁉」

予想外の言葉に驚く俺。

「そうじゃ。すでに消滅した歴史故、お主たちが知ることはないだろうが……遥（はる）か昔、地球には神が存在したんじゃ」

「サーラさんも同じことを言っていました」

「うむ。さらに言えば、地球が誕生した経緯は、お主らが学んでいるものとは大きく異なる」

「え⁉」

「この世……つまり、宇宙や地球は、突如として無から生まれたものなんじゃ」

「そ、それって、いわゆるビッグバンじゃないんですか？」

「むぅ……そうと言えばそうじゃし、違うと言えば違う……何とも説明が難しいのぅ……ひとまず言えることは、お主たちの知る科学的な力によって生まれたのではなく、神秘的な力によって、この世は生み出されたと言うわけじゃ」

「え、えっと……」

「……まあ今は頭の片隅に置いておくだけでよい。ともかく、無から生まれた地球には意思があり、その意思によって、現在の地球上の生命体が生み出され、繁栄してきたんじゃ」

「なるほど」

「ちなみに、我は地球が生命体というものを生み出した瞬間に生まれた存在じゃぞ」

「ええ⁉」

サラッと告げられたとんでもない事実に、俺は驚愕する。

「ど、どうしてそのタイミングで……」

「それは、地球に初めて生と死の概念が誕生したからじゃな。死んだものを管理する存在として、我は自然と生まれたんじゃよ」

霊冥様がすごい存在なのは知っていたが、そこまでだったとは……。

「まあ我のことはよい。ともかく、この世に生きるすべての存在は、地球の意思によって生み出されたんじゃ。しかし、その地球を支配しようとした者たちがいた。それこそが、かつて地球に君臨していた古の神々じゃよ」

「……」

は、話の規模がデカすぎる……！

「古の神は、地球と同じく……無から生まれた存在じゃった。故に、地球とは同格。じゃが、神はその地球の支配者になろうとしたんじゃ。それに対抗すべく生み出された存在こそ……優夜の語るサーラという少女じゃろう」

「な、なるほど……」

「相当昔のことじゃが、確かにサーラとやらが語る通り、ムーアトラと呼ばれた大陸は存在した。しかし、最後は神々に反旗を翻し……神々と共に消滅した。そして今の地球の形となって、事態は落ち着いたわけじゃな」

サーラさんからは語られなかった、ムーアトラという大陸の人々の壮絶な最期に、俺はただ黙ることしかできなかった。

すると、霊冥様は眉を顰める。

「じゃが、優夜の話を聞く限り、滅んだわけではなかったようじゃのう。まあ確かに、相手は腐っても神じゃ。『星力』や『神力』でもない限り、人類がどう足掻こうと、滅ぼすことはできん。しばし待て」

霊冥様はそう言うと、静かに目を閉じ、身体から『妖力』と『霊力』を解き放った。

それから少しすると、霊冥様は静かに目を開ける。

「……ふむ。妙じゃな」

「え？」

「今、地球の様子を調べてみたんじゃ。すると確かに『神力』の残滓が確認できた。これは優夜たちを襲ったという神兵たちのものじゃろう。しかし、神そのものの気配が感じ取れんのじゃ」

「それは……どういうことでしょう……？」

神兵が出現した以上、それを召喚した神がいるはずだ。

だが、霊冥様の言葉を信じる限り、神らしき存在はいないという。

「それは我にも分からん。巧妙に力を隠しておるのか、それとも別の要因なのか……何にせよ、神の実在が確認できずとも、神兵が出現した以上、原因は存在するはずじゃ。気を抜くでないぞ」

こうして、霊冥様から話を聞けた俺は、現実世界へ帰還するのだった。

＊＊＊

「――ただいま」

「あ、ユウヤ様！　おかえりなさい！」

冥界から戻ると、レクシアさんが出迎えてくれた。

「それで、どうだった？」

「えっと、色々な話が聞けました。それで、サーラさんは……」

「そうだった！　あの子なら、目を覚ましたわ！」

レクシアさんに案内され、サーラさんの元に向かうと、サーラさんは上半身を起こした状態で、布団(ふとん)の中にいた。

その周囲には、ルナやユティ、そしてナイトたちも集まっている。

「あ、ユウヤさん……」

「大丈夫ですか？」

「……はい。先ほどはお恥ずかしい姿を見せてしまいました」

サーラさんはそう語ると、頭を下げた。

そこで俺は、先ほど冥界で聞いてきた話をサーラさんに伝えようと思った。

「気にしないでください。それよりも、貴女(あなた)の話を聞きました」

「え？　ど、どうやって……」

……どうやって訊(き)かれると……冥界に行って……なんて伝えても分かるわけがないし……。

俺が困っていると、レクシアさんが胸を張る。

「そりゃあもちろん、ユウヤ様だからよ！」

何の説明にもなってない⁉

「な、なるほど」

納得した⁉

レクシアさんがあまりにも堂々としていたためか、サーラさんは困惑しつつも納得してしまったのだ。

す、すごい……これが王族のオーラか……！

「ユウヤ……お前が何を考えているのかは分からんが、恐らく違うと思うぞ」

「え？」

「それよりも、説明するんだろう？」

「あ、そうだった」

俺は居住まいを正し、改めてサーラさんと向き合う。

「サーラさん。貴女はかつて、地球の神々と戦った。その結果、貴女が暮らしていたムーアトラという大陸の人々によって、封印されたんですよね？」

「……はい」

「サーラさんが封印された後の話なんですが……知っての通り、今の地球には、そのムーアトラと呼ばれる大陸は存在しません」

「そう、ですか」

頭では理解できていただろうが、改めて伝えられた事実を前に、サーラさんは顔を伏せた。

「ただ、ムーアトラ大陸が滅びたのと同時に、地球の神々も滅んだそうです」

「そんな！　では、先ほどの神兵は……」

「そう、それが問題なんです」

霊冥様の話では、最終的に神々は人類に敗北し、滅んだらしい。

だが、神兵が出現した以上、神々は生きていることになる。

何より、ピンポイントで俺の家を……恐らくサーラさんを狙ってきたのだ。

「神兵は現れましたが、調べたところ、神の存在が確認できないようなんです。神々が力を隠しているということも考えられますが……何か知っていますか？」

「いえ、何も……ただ、ヤツらは自身の力に絶対的な自信を持っていました。だからこそ、力を隠す姿なんて、想像することもできません」

「なるほど……」

俺たちが話し合っていると、ルナが声を上げる。

「それは、負けたことがなかったからではないか？　聞いている限り、その神々は人類に敗れたのだろう？　だからこそ、それ以降、その驕(おご)りを捨てて、力を隠すようになったのかもしれない」

「そうだね。それか、何か別の存在に変質してるなんてこともあるのかな……？」

神から別の存在へ……と言われてもピンとこないが、もしそうだとすれば、霊冥様が神の存在を知覚できなかったのも理解できる。なんせ、すでに神ではないのだから。

「何にせよ、神兵をこちらに送ってきた以上、サーラさんは狙われています」

「そうね。わざわざサーラが目醒めてすぐに襲ってきたってことは、相手もサーラを捜していたんでしょう」

「周到。相手は本気。恐らく、昔の対抗者だったサーラを消せば、ふたたび地球に君臨できると考えている」

ユティの言う通りだ。

もし昔、神々と渡り合った存在がサーラさんだけだったのなら、目醒めたサーラさんを殺せば、対抗できる存在はいなくなるんだからな。

「それで、サーラはどうするつもりだ？」

だからこそ、これからサーラさんはどうするつもりなのか、ルナが問いかける。

すると、サーラさんの目に憎悪が宿った。

「ヤツらを——殺します。ヤツらが私を捜しているように、私もヤツらを捜しているんですから……」

「サーラさん……」

「でも、当てはあるの？　ユウヤ様の話を聞いた感じだと、捜すのは難しそうだけど……」

「そうですね。でも、私がヤツらの送り込む兵士を殺し続ければ、いずれ痺れを切らして連中が姿を現すでしょう」

それはつまり、自分を囮にして、襲い来るすべての神兵を相手にしながら、神々が姿を見せるのを待つということだ。

サーラさんはそう語ると、ゆっくり立ち上がる。

「サーラさん⁉」

「ですので、私がここに留まるわけにはいきません。これ以上私がここにいれば、皆さんに迷惑をかけてしまいますから」

確かに、神々がサーラさんを狙っている以上、ここにいれば、また神兵が襲ってくるだろう。

それでも、このまま黙って見過ごすわけにはいかなかった。

「サーラさん。しばらくウチで暮らしませんか？」

「え？」

俺の提案に、サーラさんは目を見開く。

　すると、すぐにレクシアさんが声を上げた。

「それ、いいわね！　確かにここなら、サーラも安全よ！」

「そうだな……創世竜もいる上に、ユウヤもいるんだ。この地で、これ以上安全な場所はないだろう」

「わふ！」

「そうだ、ナイトたちもいるしな」

　自分たちもいるよと言わんばかりに、ナイトが声を上げると、ルナは笑いながらナイトを撫でた。

　呆然とそのやり取りを見ていたサーラさんだったが、すぐに正気に返る。

「そんな、ダメです！　ここにいれば、皆さんに危険が……！」

「あら、それじゃあどこで過ごすつもり？」

「そ、それは適当にどこかで……」

「それならなおさら放っておけないわ！」

　レクシアさんの言う通り、このままだとサーラさんはその辺で野宿し始めそうな勢いだった。

　何より、今はサーラさんがかつて生きていた時代とは何もかもが違い過ぎる。

「復讐を考えるのなら、しばらく俺の家で療養するのがいいと思いますよ？」

「う……」

事実、特に行く当てもないサーラさんがしっかり休める場所はあまりないだろう。

それが分かっているためか、サーラさんは言葉に詰まった。

そして……。

「……分かりました。では、しばらくの間……お世話になります」

サーラさんはそう言うと、改めて頭を下げた。

こうして、サーラさんも身体が休まるまでの間はこの家で暮らすことが決まったのだった。

＊＊＊

ある日の昼下がり。

超人気モデル・御堂美羽は、所属している芸能事務所『スタープロダクション』の社長に呼び出されていた。

「失礼します」

「来たわね」

美羽が社長室に入ると、そこには社長と黒沢の姿があった。

「お話があると聞いてきたんですけど……」

「そうね。ひとまず、これを見てちょうだい。黒沢」

「はい……こちらです」

社長に促された黒沢は、美羽に一枚の紙を手渡した。

「えっと……映画のポスター？」

美羽が渡されたのは、とある海外映画のポスターだった。

いきなり映画のポスターを渡されたことで、美羽は困惑する。

「あの、これは一体……」

「その映画は知らない？」

「確か、今、制作決定のニュースで盛り上がっている映画ですよね？　かなり破天荒で有名な映画監督さんが撮っている……」

美羽がそう答えると、社長はニヤリと笑った。

「そうよ！　公開された映画がいつも興行収入百億円を突破するあの監督が今、最新作の撮影をしているのよ！」

「は、はあ……」

　モデルである美羽としては、どうして社長からこの話が切り出されたのか分からず、ただ困惑するばかりだった。

　すると、黒沢が口を開いた。

「実は、社長にこの監督と個人的な繋（つな）がりがありまして、ウチの事務所から一人、映画に出演させてもらえることになったんです」

「そうなんですね」

　今、美羽が手にしているポスターの映画監督は、撮れば必ず興行成功を収めるため、この監督の映画に出演することは、俳優たちにとっても非常に重要なキャリアになるといえた。

　だからこそ、社長がそんな映画監督と個人的に知り合いであると聞き、美羽は素直に驚いた。

　すると、社長が口を開いた。

「そこで、貴女（あなた）を呼んだのよ」

「わ、私を？」

　意味が分からず首を傾（かし）げる美羽に対して、社長は言い放った。

「――貴女、この映画に出なさい」

「え⁉」

まったく予想していなかった命令に、美羽は唖然とした。

しかし、すぐに正気に返ると、慌てて口を開く。

「ま、待ってください！　どうして私が⁉　私はモデルですし、それに……演技の経験だってありません！」

当然ともいえる返答だったが、社長が気にする様子はなかった。

「そんなことは分かってるわ。でも、これを機会に、貴女も女優業に手を出してみてはどうかと思ってね」

「ええ……で、ですが、ウチの事務所には私の他にもこの映画に出演したい子がいるんじゃ……」

すると、黒沢が口を開いた。

「残念ながら、スケジュールの都合もありまして、参加できる女優がいないのです」

「そういうこと。だからといって、あの鬼才の作品に出演できる機会を逃すわけにはいかないでしょう？　そこで、貴女に声をかけたのよ」

　言葉を失う美羽。

　しかし、社長は気にせず続けた。

「確かに貴女はモデルとして大成功を収めているわ。でも、もっと広い世界で活躍してもいいと思うの。だからこそ、今回の話は、貴女にとっても悪いものじゃないはずよ」

「で、ですが、演技は……」

「その点は心配ないわ。監督の方から、演技経験はなくてもいいって聞いてるから」

「ええ……」

　あまりにも滅茶苦茶な話に、美羽は戸惑う。

　むしろ、演技経験がない素人ですら採用するという勢いに、これが鬼才と呼ばれる所以かとも感じていた。

　すると、困惑する美羽をよそに、社長は言葉を続ける。

「というわけで、貴女のことは監督に伝えておくわね」

「え、あ、本当に私が⁉」

「そうよ！　だから今すぐ荷物をまとめなさい！」

「今すぐ⁉　あ、あの、他の仕事は……」

美羽がそう訊くと、社長はあっさり告げた。

「全部キャンセルよ！」

「ええ!?」

「大丈夫！　ちゃんと先方には伝えてあるから！」

「だ、だからって急にそんな……ちなみに、撮影はどこで……？」

「海外よ」

「海外!?」

予想外の撮影現場に、美羽は驚いた。

しかし、社長はあっけらかんとした様子で言葉を続ける。

「そりゃそうでしょう？　相手は海外を拠点にしている映画監督よ？」

「そ、そうかもしれませんが……ウチの事務所に話がくるってことは、てっきり日本で撮影するのかと……！」

「そんなわけないでしょ？　もしそうなら、今頃もう話題になってるわよ。そんなことよりも、早く準備しなさい！」

「ええ……」

どんどん進んでいく話についていけない美羽。

しかし、そのまま社長が監督に一報を入れたことで、美羽の映画出演は正式に決定することになるのだった。

第一章　提案

サーラが優夜の家で暮らすことが決まった頃。

自国に戻っていたジョシュア王子が、執事のジェームズと話していた。

「さて……これでカオリを我が国に招待できることになったな。ただ、カオリ以外にも一人留学しに来ることになったが……そちらはどうでもいいだろう」

「殿下……そのようなことは……」

「分かっている。表では言わないさ。しかし、俺の目的がカオリであることに変わりはない。万全の態勢で受け入れ、カオリを手に入れてみせるぞ、ジェームズ」

「そのことで一つ、お伝えしたいことが……」

「ん？」

ジェームズは険しい表情を浮かべながら、ジョシュアに告げた。

「実は……ここ数日、反王政勢力の活動が活発になっているとの情報が入っておりまして……」

「何？　よりによってこのタイミングでだと!?」

ジョシュアの国では、反王政を掲げる組織が水面下で活動を続けていた。しかし、中々尻尾を見せず、警察も検挙することができずにいたのだ。

「交換留学の期間はひと月だぞ！　その間にヤツらに邪魔でもされたら……！　まだヤツらは捕まらないのか!?」

「残念ながら……」

「クソッ……これもすべて、貴族の連中のせいだ！　ヤツらがふざけたことをしなければ……！」

実は、反王政を唱えている者たちの多くが、ジョシュアたち王族ではなく、強引に強大な権力を振るう貴族たちの姿勢を非難していたのだ。しかし、それは結果的に王族体制に彼らが牙を向けていることに変わりなかった。

ジョシュアは忌々し気にそう吐き捨てる。

「チッ……カオリが来るまでに、何としてでも連中を捕まえろ！　今はそれが最優先だ！　分かったか!?」

「……かしこまりました」

ジョシュアから指令を受けたジェームズは、静かに頭を下げるのだった。

＊＊＊

「はぁ……」

王星学園にて。

帰りのＨＲが終わった直後。

俺は思わずため息を吐いた。

サーラさんが家に来てから数日。

最初こそサーラさんは、昔とは違う文明に驚いていたが、俺が思っていたよりも早く順応した。

というのも、かつてサーラさんが生きていた時代は、今と比べて、もっと文明が発達していた部分もあったのだ。

例えば……。

「外のアレは何ですか？」

「え？　ああ、車ですね」

「車……恐らく人を乗せて運ぶ物なんでしょうが、何故地上を？」

「え？」

「地上では、土地によって動ける場所が制限されるじゃないですか。何故空を使わないんですか？　私たちの時代にも似たような代物はありましたが、皆空を移動していましたよ」

「……」

……こんな感じで、昔の話とは思えないほど、とんでもないエピソードが飛び出すのだ。

ここだけ聞くと、メルルと似たようなものを感じる。

しかし、あくまで一部の技術が優れていただけで、大体のものは、現代の文明の方が進んでいた。

こうして現代に順応しながらも、サーラさんはしっかり療養を続けていた。

幸い地球の神々からの襲撃もなく、この調子ならすぐにでも回復するだろう。

とはいえ……一つ問題が解決したかと思えば、すぐに別の問題が発生するからなぁ……

ため息も吐きたくなる。

俺はただ、平穏な日々を過ごしたいだけなのに……。

そんなことを考えていると、不意に校内放送が流れ始める。

『――天上優夜君、天上優夜君。至急、学園長室まで向かってください』

「え？」

予想外の校内放送に俺が戸惑っていると、亮が声をかけてきた。

「なあ、何かあったのか？」

「さ、さあ……」

何か呼ばれるようなことなど、あっただろうか？

もしかすると、また生徒会長の喜多楽先輩に関係することだったりするんだろうか？

ともかく、呼び出された以上、早く向かおう。

準備を終えた俺は、すぐに学園長室に向かった。

「失礼します」

学園長室の中に入ると、そこには司さんと……。

「あれ？　佳織？」

「あ、優夜さん……」

佳織の姿があったのだ。

ただ、佳織はいつもとは少し様子が違い、何と言うか、どことなく元気がない印象だった。

そのことに俺が首を傾げていると、司さんが声をかけてくる。

「急に呼び出してしまって、すまないね」

「い、いえ、大丈夫ですが……あの、何で呼ばれたんでしょうか？」

俺がそう訊くと、司さんは一瞬だけ佳織に視線を向けた後、口を開く。

「優夜君……留学に興味はないかい？」

「え？」

思ってもみなかった言葉に俺が目を見開くと、司さんは言葉を続ける。

「実は、とある国の学園から、佳織に留学の提案が持ち掛けられたんだ」

「へぇ……すごいですね」

わざわざよその学園から留学の話がくるなんて、佳織は相当優秀なんだろうな。

そんな風に思っていると、司さんの表情が少し曇る。

「……ただ、その留学先の学園の設立や運営に出資している人物が、佳織に婚――」

「え、えっと！　その留学の話なんですけど、優夜さんもぜひ一緒にどうかなと思いまして！」

「え？」

すると、司さんの言葉を遮るように、佳織が声を上げた。

今、司さんは何を言いかけたんだ……？

それよりも……。

「その、いきなりのことで驚いているんですけど……その留学の話は佳織に来ているんですよね？　俺が行ってもいいんですか？」

「もちろんだ。佳織だけではなく、もう一人、留学させてもらえるように交渉したからね」

「な、なるほど……ですが、どうして俺なんです……？」

話は分かったが……何故俺なんだろう？

確かに一度、モデルの美羽(みう)さんのトラブルに巻き込まれる形で、海外に行ったことはある。

　しかし、そのことは、司さんたちは知らないはずだ。

「ふむ……一番の理由は、優夜君がいれば佳織も安心できるから、というものなんだが……君はユティさんをはじめとする外国の方と一緒に生活しているだろう？　だからこそ、他の子よりも外国人とのやり取りに慣れていると思ってね」

「あー……」

「それに、最近は君の活躍のおかげで、この学園の知名度も大きく上がった。だからこそ、留学してもらうなら君がふさわしいと思ってね」

　そうか、佳織はユティたちが異世界人だということを知っているけど、司さんには外国人として説明しているんだったな……。

　あと、俺としては普通に高校生活を送っているだけなんだが……どうやら俺の行動によって、王星学園が今までより世間に知られるようになったらしい。

　果たしてこれが、いいことなのか悪いことなのかは分からないけど、司さんの反応を見る限り、そこまで悪いことじゃないんだろうな。

　それよりも……。

「お話は分かりました。ですが……本当に俺でいいんですか？」

正直、せっかく外国で勉強する機会がもらえるというのなら、一つの経験として行ってみたい。

今の俺は、将来のことを何も考えられてないけど、これから先、何かを決める時、この留学がきっかけになるかもしれないからだ。

それに、万が一、また日本で何かが起きても、俺は転移魔法を使えるので、すぐに帰ってくることもできる。

すると、俺の言葉に佳織が勢いよく頷いた。

「はい！　ぜひ、優夜さんにお願いしたいんです！」

「そうだね。私としても、優夜君が佳織と一緒にいてくれると心強いよ」

二人からそう言われてしまっては、俺としても断るわけにはいかない。

「分かりました。そのお話、お引き受けいたします」

――こうして、あっという間に、俺の留学が決定したのだった。

＊＊＊

優夜が学園長室から退出すると、佳織は一息ついた。

「ふぅ……」

「よかったね、優夜君が留学を引き受けてくれて」

「はい」

断られるかもしれないと思ったが、優夜は留学を引き受けてくれた。

というのも、司は知らないが、優夜は異世界とこちらの世界を行き来している関係で、様々なトラブルに巻き込まれていることを佳織は知っていたからだ。

「それよりも……よかったのかい？　彼にジョシュア様のことを伝えなくて……」

「それは……」

今回の留学は、ジョシュアが佳織に婚約を申し込んだことから始まった話だ。

何故かジョシュアが、佳織と親しい優夜のことを目の敵にした結果、佳織の目を覚まさせるとして、留学の提案がされたのだった。

もちろん、そのことを優夜に告げれば、優夜は事態の解決に手を貸してくれるだろう。

ただ……。

「あまり、知られたくなくて……」

「ふむ……」

ジョシュアに結婚を迫られていることを、佳織は優夜に知られたくないと思ったのだ。

「それに、あんまり心配させたくもないですから」

そう笑う娘の姿を見て、司は優しく微笑む。

「……まあ佳織の好きになさい。今回の留学も、ひと月だけの短いものだ。佳織の心変わりがなければ、たとえ相手が王太子であっても結婚の話は私がしっかり断るから安心しなさい。それよりも、向こうに行けば佳澄や佳弥にも会えるんだから、悪いことばかりじゃないよ」

確かに、佳織が留学のために訪れる国では、いつもは離れて暮らしている母と妹が生活を送っているのだった。

「はい！」

優夜の知らないところで、そんな話がされていたのだった。

＊＊＊

「——というわけで、短期間だけど、外国で暮らすことになりました」

帰宅後、さっそく俺は、留学について皆に伝えた。

すると……。

「はい！　はいはいはーい！　私も行くわ！」

「ええ⁉」

レクシアさんが勢いよく手を挙げて、そんなことを言い出したのだ。

すると、ルナが呆(あき)れた様子で口を開く。

「何を言ってるんだ、お前は……」

「だってこのチキュウの他の国だなんて、気になるじゃない！」

「それはそうだが、話を聞いてなかったのか？　ユウヤとカオリだけだぞ」

「ええー！　ズルいズルいズルいー！　私も行きたいわ！」

「王女が駄々をこねるな！」

「え、えっと……」

いつものような二人のやり取りが繰り広げられる中、俺が困惑していると、不意に服の袖が引っ張られる。

「ん？　ユティ？」

「疑問。ひと月の間、ずっと家にはいないの？」

「ハッ⁉　そうよ！　ユウヤ様がいなくなるなんて許せないわ！」

「お前はユウヤの何なんだ……」

「お嫁さんよ！」

「違う！」

「そ、その、転移魔法がありますし、ずっと向こうにいるワケではないですよ」

前まではナイトたちのご飯のことなど、気にかけることがいっぱいあったが、今は冥子(メイコ)もいるため、ナイトたちの食事で心配することはない。

だが、家の方が落ち着くというのもまた事実なので、定期的に顔を出すつもりだった。

「それなら、なおさら私たちが行ってもいいじゃない！」

「い、いや、その、レクシアさんたちは普通に学校の授業があるじゃないですか……」

今回向かう国と日本でどれほど時差があるのかは分からないが、レクシアさんたちの生活に支障が出るのは間違いない。

俺がそう伝えると、レクシアさんは膨れる。

「むー……」

「レクシア様。ご主人様の代わりは務まりませんが、誠心誠意、私がお世話をさせていただきますよ？」

するると、そんなレクシアさんに対して、冥子がそう口にした。

「確かにメイコのお世話は快適だけど……それとこれとは話が別よ！」

「ですが、レクシア様がご主人様について行くのはやはり難しいかと……」

「残念だったな」

「何よ！　ルナはユウヤ様がいなくなっても寂しくないっていうの!?」

「フン。私はお前とは違って、物分かりがいいのでな。ユウヤの迷惑になるようなことはしない」

「きぃー！　何よそれー！」

「ああ……」

また始まった……。

まあ、このやり取りが二人のじゃれ合いみたいなものだとは分かっているので、特に止めたりはしないが……。

そんなことを考えていると、不意にサーラさんが手を挙げた。

「その、一つよろしいでしょうか」

「サーラさん？」

なんだろうと俺が首を傾(かし)げる中、サーラさんは続ける。

「私を連れて行ってはくれませんか？」

「え？」

予想外の言葉に固まる俺。

するとすぐさまレクシアさんが反応する。

「駄目よ！　私たちだって我慢してるのに！」

「いや、しかし、サーラは私たちと違って、特に学校にも通ってないんだったな……」

「ハッ⁉　そうじゃない！」

そう、現状サーラさんは、俺の家で療養しているため、特に学校に通うなどといった用事らしい用事はなかった。

ただ……。

「その、どうして付いて来たいんですか？」

俺がそう訊くと、サーラさんは真っすぐにこちらを見つめる。

「レクシアさんたちから話を聞きました。優夜さんはいつも色々なトラブルに巻き込まれていると……」

「レクシアさん……？」

「そ、そんなこと言ったかしら？」

間違ってはいないが、別に好きで巻き込まれているわけじゃ……。

「ま、まあ、あながち間違いではないですけど……」

「だからです」

「え？」

するとサーラさんは真剣な表情で俺を見つめた。

「私には、地球の神々を倒すという使命があります。しかし、ヤツらは巧妙に隠れ、姿を見せません。この家で休ませていただいている間も私はヤツらの気配を探っていましたが、見つけることは叶いませんでした。ですが、様々な事件に巻き込まれてきた優夜さんと一緒に行動していれば、ヤツらも姿を現すんじゃないかと」

「ええ……」

な、何だろう、嬉しくはないが、妙に説得力がある……！

とはいえ、いきなりそんなことを言われても……。

「どうか、お願いします」

困惑する俺に対して、サーラさんは真摯に頭を下げてきた。

うぅ……ここまでされてしまうと、断りにくい。

サーラさんにとっては、地球の神々への復讐が何よりも大事なことだと知っているからだ。

しばらく考えた俺だったが、やがてため息を吐く。

「はぁ……分かりました。ただ、ずっと一緒に行動することはできないと思いますよ?」

「あ……ありがとうございます!」

俺が承諾すると、サーラさんは目を輝かせて、再び頭を下げた。

そんな俺たちのやり取りを見て、レクシアさんが拗ねる。

「いいなぁ……私もユウヤ様と一緒に行きたいのに……」

「これればかりは諦めるんだな。だが……大丈夫なのか? サーラはまだ、このニホンですら外を出歩いたことがないのだろう?」

「そういえば……」

いつまた神兵がやって来るのかも分からないため、サーラさんは今まで家の中で過ごしていたのだ。

すると、サーラさんは……。

「大丈夫です」

そう言うや否や、指を鳴らした。

その次の瞬間、何と、サーラさんの姿が消えたのだ!

「ええ!?」

「驚愕。消えた?」

気配は確かに感じ取れるが、サーラさんの姿を確認することはできないのだ。

そのことに皆が驚いていると、再び指を鳴らす音が聞こえて、サーラさんの姿が現れた。

「このように、療養したおかげでこの程度のことならできるくらいに《星力》が回復しました。なので、向こうでは姿を隠して活動したいと思っています」

「な、なるほど……」

「確かに、姿が見えなければ、何か粗相をしても周囲にバレる心配はないか……」

ルナの言う通り、もし普通に活動していれば、何かあれば目立つことになるが、こうして姿が見えないのなら、多少無茶な行動をしても、サーラさんの存在が他の人にバレる心配はないだろう。

何はともあれ、サーラさんが外国で活動することに問題はなさそうだった。

「では、俺が向こうに着き次第、転移魔法で迎えに来ますね」

「お願いします！」

――こうして、俺の留学にサーラさんもついて来ることになったのだった。

＊＊＊

優夜（ゆうや）の留学の話が進んでいる頃。

どこか近未来的な衣装に身を包んだ青年が、街中を歩いていた。

「ね、ねえ、あの子……」

「コスプレか？」

「すごいイケメンね……」

やたら目を惹くその青年は、周囲の反応に気づき、眉を顰める。

「……しまった。この時代の服装とか、調べておくべきだった。エネルギーも節約しないといけないから、ステルス機能を発動させるわけにもいかないし……早く高祖父様を見つけないと……」

そう呟いた青年は、背に背負った、包帯で巻かれた剣に手を当てる。

そして、精神を集中させるようにその場で目を閉じた。

「何してるんだ……？」

「さ、さあ……」

「こんな街のど真ん中で、成りきりか……？」

傍から見れば、青年の行動はおかしいものでしかない。

しかし、当の本人である青年にとっては大真面目であり、周囲を気にしている暇もなかった。

するると、青年が背負った剣が震える。

その際、剣から発せられた共鳴音に、青年だけが気づいていた。

「……向こうか」

そう、青年は、背負っている剣に所縁が深い場所を探していたのだ。

未来の人間であるこの青年は、自分の世界を救うため、過去であるこの世界にやって来ることになったのである。

というのも、未来予知系の『能力』を持つ者が、青年の持つ剣と所縁がある高祖父を見つけるように指示したからだ。

そしてその高祖父こそが、青年の未来を救う存在。

故に、青年は何としてでもこの過去の世界で、高祖父を捜し出す必要があった。

「急がないとな……」

こうして目的地への方向を探った青年は、周囲の視線をものともせず、歩を進めていくのだった。

＊＊＊

留学の話を受けた翌日。

俺が休み時間にクラスメイトたちと会話をしていると、昨日の話題になった。

「なあ、結局昨日の呼び出しは何だったんだ？」

「えっと……海外に留学してみないかって言われてさ」

「留学ぅ⁉」

「え、優夜君、海外に行っちゃうの⁉」

皆、まったく予想していなかったようで、大きく驚いていた。

まあ俺自身が驚いているわけだし、皆もそうなるよね……。

「ち、ちなみに、いつまで……？」

「ひと月くらいかな」

俺がそう答えると、楓はほっとした様子を見せる。

「ひと月かぁ……それならまぁ……」

「よかったねぇ、楓？」

「り、凜ちゃん⁉」

すると、何やら含みのある笑みを浮かべた凜が楓に視線を送った。

「ちなみに、その話は受けるのか？」

「うん。せっかくの機会だしね」

「で、でも、いきなり留学だなんて……何があったの？」

「さあ？　実は俺にもよく分かってないんだ」

「よく分からないのに、留学に招待されるのかい……」

俺の言葉に、凛は呆れた表情を浮かべた。

司さんは、俺がこの学校に貢献していたり、外国人……というより、異世界人であるレクシアさんたちと一緒に暮らしていて慣れているから俺を選んだって言っていたが……本当なんだろうか？

学校に貢献しているという点はあまり実感もないし、レクシアさんたちについても事情が特殊だしな……。

そんなわけで、俺が選ばれた理由はよく分かっていなかった。

「なんにせよ、優夜は留学に行っちまうってわけか」

「いつ出発するの？」

「だいたい一週間後かな？」

「え、すぐじゃん！」

そう、俺が留学に出発するのはかなり急な話だったのだ。

どうも先方としては、早く来てもらいたいらしい。何故だろう？

理由は分からないが、向こうが早く来てほしいと言っている以上、俺たちが合わせるしかないからな。

すると、亮が何かを思いついた様子で立ち上がる。

「そうだ！　優夜の送別会をしようぜ！」

突然の提案に俺が驚いていると、亮の言葉に凜たちは頷いた。

「お、いいねぇ」

「亮君、ナイスアイデア！」

「い、いつやるの？」

「そりゃあ思い立ったが吉日！　今日だろ！」

「急だねぇ……まあでも、ちょうど予定は空いてるんだけどさ」

「私も大丈夫だよ！　せっかくだし、雪音ちゃんや晶君も誘おうよ！」

すでに送別会が行われる流れになっているが、俺のためにそんなことをしてもらうのは申し訳ない。

「え、いいよ！　一か月もすれば、また帰ってくるんだし……」

なので、そう伝えるのだが、肩を組んでくる。

「まーまーそう言うなって！　送別会の気持ちもあるけどよ、俺たちが純粋に遊びたいってのもあるんだからさ！」

亮はいつもの爽やかな笑顔でそう言った。

「ってなわけで、今日の放課後、遊びに行くぞー！」

『おおー！』

——こうして、俺は留学前に亮たちと遊ぶことになるのだった。

＊＊＊

授業が終わり、放課後。

亮、慎吾(しんご)君、楓、凛、雪音の五人が集まってくれた。

残念ながら、晶は予定が合わず、参加が見送りになった。

よくよく考えると、晶と遊びに行ったこと、ほとんどないんだよな……。

また今度、一緒に遊べるといいな。

そんなことを考えつつも、予定通り遊びに行くことになった俺たちだったが、行き先に悩んでいた。

「そうだねぇ……夜遅くまで遊ぶわけにもいかないし、近場がいいよねぇ」

それぞれが遊び場所について考えていると、楓が何かを思いつく。

「あ、それじゃあ、カラオケに行かない？」

「カラオケ？」

「……ん。確か、近くにカラオケがあったはず」

「へぇ……いいじゃん！　そんじゃあ、カラオケに行こうぜ！」

こうして、楓の意見により、俺たちはカラオケに行くことになった。

場所を知っているという雪音に先導してもらい、無事にカラオケに辿り着く。

「うわぁ……俺、カラオケに来るの初めてだ……」

「おいおい……ゲーセンの時も思ったけどよ、今時珍しすぎるだろ……」

思わずこぼれ出た俺の言葉に、亮が呆れた様子でそう言った。

それから受付を済ませて部屋に移動すると、亮が声を上げる。

「よっしゃあ！　歌うぜぇ！」

「誰から歌う？」

「亮が盛り上がってるみたいだし、亮からでいいんじゃない？」

「どこ行くよ？」

「お、俺からでいいのか⁉」

ササっと順番が決まると、亮は端末を操作して、曲を入れた。

すると、何やらドラムの激しい音楽が流れ始める。

どんな曲なのかな？

「お、いいねぇ」

「この曲、かっこいいよねー」

どうやら、皆は亮が歌う曲を知っているようだった。

そして、前奏が終わると、ついに亮が歌い始める。

「うわぁ……かっこいい」

曲調も激しめで、非常にかっこいいのだが、亮のしっかりとした歌声ととても合っていた。

途中、ラップパートのような箇所もあり、歌うのは難しそうに思えたが、亮はそんなことを感じさせず、完璧に歌いこなしていく。

そしてそのまま、最後まで歌い切った。

「ひゅぅー！　亮君かっこいいー！」

「初めて亮の歌聞いたけど、上手いねぇ」

「……ん。いい声だった」

「そうか？　へへ、ありがとよ」

皆から褒められた亮はすこし照れくさそうに笑う。

「あ、私の番だ！」

亮が歌い終わると、続けて別の曲が流れ始めて、楓の番になった。

その曲はとあるアイドルグループの曲らしく、アップテンポでありながら、かわいらしさも感じられる。

「お、さっそくアイドルとして歌おうってかい？」

「ち、違うよ！　ただ、この曲が好きなだけだから！」

確かに、最近スクールアイドルとして活動している楓には、ぴったりな選曲といえた。

いざ曲が始まると、スクールアイドル活動の際にも聞いていた通り、溌剌（はつらつ）とした歌声が響き、聞いているだけで元気が湧いてきそうだった。

これが、楓の歌声の良さだろう。

俺はこの曲を知らないものの、皆は知っていたようで、ところどころで合いの手が飛ぶ。

俺も、曲に乗りながら、手拍子で一緒に楽しんだ。

「いやぁ、久々に歌うと楽しいね！」

「楓は相変わらず歌が上手だね」

「そ、そうかな？　ありがとう」

俺が思ったことを素直に伝えると、楓は少しはにかんだ。

すると、今度はどこか壮大な音楽が流れ始める。

その曲に気づいた亮が、目を輝かせた。

「お、この曲は……【ミラクロン】のオープニングじゃねぇか！」

「ミラクロン？」

聞いたことのないワードに俺が首を傾げると、マイクを手にした慎吾君が答える。

「う、うん。ロボットもののアニメの主題歌なんだ」

「へぇ……」

なんとなくロボットもののアニメの主題歌は、熱い曲のイメージが強かったが、この曲も例に漏れず、強烈な熱さが感じられた。

ただ、普段控えめな性格の慎吾君がどんな風に歌うのか、俺が楽しみにしていると、慎吾君は綺麗な歌声を披露し始める。

そして、いつもとは違って、歌が進むにつれて慎吾君の熱も入っていき、最後は本気で熱唱していた。

「やっぱミラクロンの曲はいいなぁ！」

「う、うん。劇場版の曲もいいんだよね」

「お、それなら次は俺と一緒に歌おうぜ！」

普段、慎吾君からおすすめのアニメ情報を色々と聞いている亮は、慎吾君と同じくらいアニソンに詳しいようだ。すごいなぁ……。

すると、今度は曲調がガラッと変わり、バラードチックな前奏が流れ始める。

「これは……」

「次はアタシの番だね」

続いてマイクを手にしたのは、凛だった。

凛は曲が始まると、ゆっくりと歌い始める。

「おお……」

「凛ちゃん、すごい……」

初めて凛の歌声を聞くことになったのだが……これがすごかった。

元々、かっこいい声だなとは思っていたが、曲が始まると非常に力強く、それでいてなお繊細な声色で歌い上げるのだ。

特にサビの部分で、より感情たっぷりに歌う様は、本物の歌手に見えるほどだった。

なんというか……歌声も歌う姿も、貫禄がすごい。

俺があまりの歌唱力に感動していると、凛の歌が終わった。

「……ま、こんなもんかね」

「す、すげー！」

「凛ちゃん、歌上手だね！」

「う、うん！　本物の歌手みたいだったよ！」

「……ん。曲と歌声がとてもあってて、かっこよかった」

皆が次々に凛のことを褒めると、珍しいことに凛は少し照れた様子を見せる。

「そ、そうかい？　そう言われると、悪い気はしないねぇ」

「何か昔からやってたの？」

あまりにも上手だったため、俺がそう訊いてみると、凛は首を横に振る。

「いや？　特に何か習ってたわけじゃないけど……まあ昔から歌うのは好きだったからねえ」

「なるほど……とにかく、すごく上手だったよ！」

「うんうん！」

俺の言葉に同調するように、楓も頷いた。

「ほ、ほら！　次の曲が始まるよ！」

「……ん。私の番」

するとと、今度はまた曲調が一転し、激しいロック調の音楽が流れ出す。

そして、その曲を歌うのは……雪音だった。

「お、おお……見た目通りというか、イメージと違うというか……」

亮がそんなことを口にする。

確かに、雪音はどこかのバンドマンのような格好をしているものの、普段はあまり口数の多いタイプではない。

だからこそ、亮は思わずそんなことを口にしたのだろう。

そしていざ歌が始まると、雪音は淡々と歌い始めた。

綺麗な歌声で、音程も完璧なのだが、曲が曲のせいか、すごいギャップを感じる。

とはいえ、決して歌声と曲が合っていないというわけではなく、これはこれでとてもいいなと思った。

そんな少し意外な雪音の歌声を聞いていると、楓が声をかけてくる。

「そういえば、優夜君は曲入れた？」

「あ、まだだった」

「もう！　皆の歌を聞くのもいいけど、優夜君も歌わなきゃ！」

「そうだぜ？　これは優夜の送別会なんだからよ！」

「そういえばそうだったねぇ……」

「忘れてたのかよ⁉」

凛の言葉に思わずツッコむ亮。

ごめん、亮。俺も忘れてた。

それはともかく、雪音の次は俺の番らしいのだが……。

いかんせん、知ってる曲がほとんどない。

学園祭の時に歌った曲なら分かるが、ここでもう一度歌うのはなんだか気恥ずかしい。

そんな風に悩んでいる間にも、雪音の曲は進んでいき、残された時間は減っていく。

ああ、あと少しで曲が終わっちゃう！

えーっと、えーっと……あ、これならどうだ⁉

何とかギリギリで選曲を終えた俺は、一息ついた。

それと同時に、雪音の歌も終わる。

「……ん。満足」

「やっぱ、ロックが好きなのかい？」

「……好き。オカルト研究部に入ってなかったら、軽音部に入るつもりだった」

「ど、独特な選択肢だね……」

オカルト研究部と軽音部では、何から何まで違いすぎた。

すると、雪音が首を傾げて訊いてくる。

「……ところで、ずいぶん悩んでたみたいだけど、優夜は何の曲にしたの？」

「あー……俺が選んだ曲は――」

俺がそう言うと、ちょうど前奏が流れ始めた。

そして――。

『だ……だんごブラザーズ⁉』

そう、俺が選んだのは、あの独特な曲調と歌詞が特徴的な、だんごの兄弟を歌った、子供向けの曲だった。

「いやいやいや、なんでこの曲をチョイスした⁉」

「そ、その、他に知ってる曲がなくて……」

「だからってこの曲選ぶか⁉」

「優夜君、この間の学園祭で歌った曲を歌えばいいのに！」

「いや、それも考えたんだけどさ……なんだか気恥ずかしくなっちゃって……」

「ゆ、優夜君も変わってるね……」

「アハハハハハ！　こりゃあびっくりだね！」

「……ん。いいチョイス」

雪音以外、俺がこの曲を選んだことに驚いていた。

ま、まあカラオケで歌うような曲じゃないとは思うけど、悪くもない……はず？

ひとまず、癖になるリズムに合わせて俺が歌い始めると、凜はますます爆笑する。

「アハハハハハハハハ！　お、お腹痛い！」

「い、いい声で歌ってる……！」

「いや、シュールすぎるだろ！」

「……おだんご♪　おだんご♪」

「は、初めてこの曲をちゃんと聞いたよ……」

確かに、こんな機会でもないと、この曲をフルで聞く機会はないだろう。

かくいう俺も、実は二番以降の歌詞を知らなかった。

とはいえ、なんとなくの雰囲気で歌えるので、安心だ。

「だ、ダメだ、面白すぎる……！」

「優夜君、本気で歌ってるよ……」

「選曲と優夜のいい声、そして歌う姿のすべてが完璧だねぇ」

「せっかくだし、動画撮ろうぜ！」

亮がそう言うと、皆一斉にスマホを取り出し、俺に向けてきた。

うぅ……そうやって動画を撮られると、ますます緊張するんだけど……。

ひとまずその緊張を紛らわせるため、俺はより集中して歌う。

その結果、皆はますます面白そうに笑うのだった。

何とか歌いきると、笑い疲れた様子で亮が口を開く。

「ひぃ……死ぬほど笑ったぜ……」

「う、うん。優夜君の意外な姿が見られたね」

「そ、そんなに意外だったかな？」

「意外も意外だよ！　どうしてこの曲にしたの？」

「いや、他に曲を知らなくて……」

「だとしても、すごい選曲だったねぇ」

「……いいチョイス」

やはり、俺の選曲を褒めてくれるのは雪音だけみたいだ。

ひとまず俺が歌い終えたことで一巡したわけだが、まだまだカラオケは始まったばかり。

すぐに次の曲が流れ出すと、亮がマイクを手に、勢いよく立ち上がった。

「よぉし、そんじゃあ慎吾(しんご)！　次は一緒に歌うぞ！」

「え、ええ⁉　う、歌えるかなぁ……」

「大丈夫大丈夫！　お前も知ってる曲だろ？」

「ま、まあね」

二巡目は慎吾君と亮のペアから始まり、次々と皆が歌っていく中、俺は学園祭の際の曲や、また別の童謡を歌ったりすることで、皆を爆笑させた。

――こうして、俺の送別会は楽しく過ぎていくのだった。

＊＊＊

あっという間に時間は流れ、留学前日。

俺が留学の準備をしていると、部屋にレクシアさんたちが押し寄せてきた。

「ユウヤ様！」

「え？　あ、レクシアさん。どうしました？」

「ユウヤ様の留学の準備、手伝ってあげるわ！」

「え？」

予想外の言葉に俺が驚く中、レクシアさんはいつの間にか部屋の中に入ってくる。

「ってなわけで、ルナも一緒にやるわよ！」

「え？　え？」

「ユウヤ、諦めろ。アイツは一度やると決めたら、絶対にやめないぞ」

「い、いや、それは分かってるんだけど……」

レクシアさんに呼ばれたルナも、そのまま俺の部屋に入ってきた。

「ユウヤ様、こんな小さい鞄で行くの？　もっと大きいのにしましょうよ！」

「レクシア。ユウヤは遊びに行くわけじゃ……って、どこから出した、その鞄！」

すると、レクシアさんはどこからともなく、すごい大きさの背負い袋のようなものを取り出した。

その大きさは、それこそ俺の部屋の半分くらいを占めているだろう。

すると、ルナに突っ込まれたレクシアさんは、きょとんとした表情を浮かべる。

「え？　いつか必要になるかなって買っておいたのよ」

「王族のお前が、どのタイミングで必要になるんだ！」

「まあ細かいことはいいじゃない！　これだけ大きければ、なんでも持っていけるでしょ？」

「い、いや、その、確かにその通りなんですけど、そんなサイズはさすがに必要ないですね……」

たとえ一週間分の着替えを用意していくとしても、レクシアさんが用意した鞄の半分も埋まらないだろう。

というより……。

「それに俺、『アイテムボックス』があるので、そんな大きさの鞄は……」

「あ……」

そう、俺には『アイテムボックス』のスキルがあるため、何かを持っていくのなら、そこに入れておいた方が楽なのだ。

まあ留学先で頻繁にスキルを使うわけにもいかないので、必要なものは当然鞄に入れていくが……。

「なので、留学の準備は手伝ってもらわなくても大丈夫ですよ」

俺がそう伝えると、レクシアさんは頰を膨らませる。

「むー……せっかくユウヤ様のお手伝いができると思ったのに……」

ルナがそう言うが、レクシアさんは諦めきれないのか、何やら周囲を見渡し始めた。

「あ！　それならこれはどうかしら⁉」

「え？」

「ちょっと待ってて！」

レクシアさんはそう言うや否や、俺の部屋を飛び出していく。

そして、しばらくすると、ナイトたちを抱きかかえて帰ってきた。

「ユウヤ様！　ナイトたちを連れていきましょ！」

「わふ⁉」

「ふごー？」

「ぴ？」

「にゃー」

いきなりのことに驚きの声を上げるナイト。

それに対し、アカツキたちはよく分かっていないのか、不思議そうに首を傾げていた。

「レクシアさん、一体どういう……」

「留学先で癒やしがほしくなることもあるでしょう？　だから、ナイトたちを連れていけばいいのよ！」

「どういう思考回路だ⁉」

「わふぅ……」

すかさずルナがツッコむが、レクシアさんは止まらない。

「仕方ないじゃない！　本当は私がついていきたいところだけど、それが無理だから、仕方なくナイトたちを……ってわけ！」

「いやいやいや、意味が分からないんだが⁉」

ルナの言う通り、俺にもよく分からなかった。

「あー……その、さすがにナイトたちを連れていくわけにはいかないので……」

「えー？　じゃあナイトは無理でも、アカツキは自由自在に身体を小さくできるってユティが言ってたし、大丈夫なんじゃない？」

「ぶひ？」

「確かにアカツキは、だいぶ前に飲んだ【大小変化の丸薬】のおかげで身体の大きさを変えられますけど……そういう問題じゃないと言いますか……」

「それじゃあ何しに行くのよ」

「勉強ですけど⁉」

レクシアさん、留学を旅行か何かと勘違いしてませんかね……？

ま、まあちょっとその気持ちがないかと言えば嘘になるが、本分は勉強だ。

「えっと……気持ちはありがたいんですが、それこそ何か必要な物が出てきたり、もし帰ってこようと思えば、いつでも転移魔法で帰ってこられるので……」

「あ……そ、そういえば……」

「……ユウヤはユウヤで、何の準備もいらないということだな」

何故か、ルナに呆れられてしまった。

こうして、どこか納得がいかない中、俺の留学の準備は無事に終わったのだった。

第二章　ヒーロー？

優夜（ゆうや）が留学の準備をしている頃。

留学先の国では、とある組織が水面下で動き始めていた。


「——準備はどうだ？」


そう口にするのは、一人の男。

この男は、反王政を掲げるテロリスト集団のリーダーだった。

そんな男の周囲には、同じ志を持った仲間が集まっており、張り詰めた空気が漂っている。


「順調です。武器の調達も済みました」

「経路に関しても、全員に共有してあります」

「そうか……ついに、ヤツらを裁くチャンスが巡ってきたんだな」

リーダーの男はそう呟くと、感慨深そうに眼を閉じる。

——長い間、男たちは国に反旗を翻す機会を窺い続けてきた。

というのも、この国では他の王政が続く国と比べて、上流階級と平民の格差が非常に大きかったのだ。

そして、この場に集まった者たちは、その格差によって苦しめられてきた者たちだった。

「……私の家族は、ヤツらの引き起こした交通事故に巻き込まれ、死んだ。当然、普通であれば司法の裁きを受ける。だが、ヤツらは……上流階級の連中は、その事実をもみ消し、裁かれることもなく、のうのうと生きている！　そんなことが許せるか⁉」

「許せるはずがねぇ！」

「俺もそうだ！　ヤツらの戯れで、俺の彼女は……！」

リーダーの叫びに、テロリストの面々は叫んだ。

実際、この国の王族が何か悪いことをしているわけではなかった。

しかし、その下にいる貴族は違った。

昔から続く名家として、国の中枢に食い込む彼らは、王族ですら無視できない強大な権力を持ち、その力を存分に振るっていたのだ。

そんな現状を変えるべく、テロリストたちは革命を起こすことで、真の意味で平等な社会を実現しようと考えていたのだ。

とはいえ、王族の警備は常に厳重で、テロリストたちは中々動くことができなかった。

だが、今回、チャンスが巡ってきたのだ。

「すでに情報は頭に入っていると思うが、数日後、第一王子がとある留学生を招き、大々的なパーティーを開くことになっている。その夜こそが、我らが動く時だ。失敗は許されない。この機会を逃せば、革命はより難しくなるだろう」

すると、一人のメンバーが手を挙げる。

「どうした？」

「その情報は本当なんでしょうか？　もしかすると、我々をおびき出すための作戦なんじゃ……」

「確かに。この時期に、いきなり留学生を招くというのは変ではありませんか？」

他の面々も心配そうな表情を浮かべる中、リーダー格の男は口を開いた。

「ふむ……お前の心配はもっともだ。だが俺は、この件をしっかり調べた上で、確信を得ている。まず留学に来るのが日本の学生だということは、日本に人員を送り込み、確認済みだ」

「おお！」

「そして、留学が決まった経緯だが……どうやら、その学生の素性が関係しているようだ」

「え？」

「何でも第一王子が、その日本の学生に惚れ込んだらしくてな。こちらの国に招き入れ、心証をよくしようとしているらしい」

「な、なるほど……」

「第一王子はよほどその学生を気に入っているんだろう。かなり突発的な話だったため、情報統制も甘かった。そして、その学生を招いた歓迎パーティーが宮殿で開催される。それこそが、皆も知っての通り、今回の作戦で襲撃する場所だ」

そこまで話し終えると、男はメンバーたちを見渡す。

「こんなチャンスは二度とない。いいか、何としてでも、革命を成功させるぞ！」

『おう！』

――こうして、優夜の知らぬ間に、他国で陰謀が動き始めているのだった。

＊＊＊

早いもので、あっという間に留学当日を迎えた。

司さんに用意してもらった航空券を使って佳織と一緒に飛行機に乗り、俺は無事に目的の国に到着したのだった。

「ふぅ……久しぶりに飛行機に乗りましたけど、やっぱり疲れますね」

「そうだね」

佳織はこれまでに何度かこの国に訪れているようだが、それでも飛行機には慣れないようだった。

預けていた手荷物などを受け取り、俺たちが空港内を進んでいると……。

「――――姉ちゃん！」

「あ、佳澄！」

一人の少女が、こちらに走って来るのが見えた。

あの子は……。

その少女は、佳織の元に辿り着くと、その勢いのまま、佳織に飛びつく。

「姉ちゃん、久しぶり！」

「久しぶりですね！　佳澄、元気にしてましたか？」

「うん！」

そう、この少女は、佳織の妹さんだったのだ。

佳織との再会を喜び合っていた妹さんだったが、ふと俺の存在に気づく。

「あれ？　その人……って、あああああ！」

「か、佳澄？」

そして、俺を見るや否や、妹さんが大声を上げた。

な、何だ？

驚く俺に対して、佳澄さんがこちらに近づいてくる。

「ねえ、お兄さん！　お兄さんでしょ⁉」

「え？」

「ほら、ハイジャックの時に！」

「あ」

そ、そうだった……そういえばあの時、オーマさんに関する記憶以外は消せないままだったんだっけ……。

「え、えっと、何のことかな……」

「何のことって、お兄さんがハイジャックから助けてくれたんじゃん！」

「それは、その……ひ、人違い、じゃないかなぁ……？」

「そんなわけないじゃん！　お兄さんみたいな人、絶対に忘れないし！」

「ええ……？」

ど、どうしよう……実際にあの場にいたのは俺なんだけど、そうなると、どうやってハイジャックから救出したのかとか、色々説明しなきゃいけなくなるし……。

この場をどう切り抜けようかと俺が必死に頭を働かせていると、佳織が助け船を出してくれた。

「佳澄。あまり優夜さんを困らせてはいけませんよ」

「で、でも、このお兄さんがアタシを助けてくれたんだよ⁉」

「そんなはずありません。あの時、優夜さんは私と一緒にいましたから。ですよね？」

佳織はそう言うと、俺の方に視線を送ってくる。

あの日、確かに佳織とは出会ってはいたが、一緒に過ごしてはいなかった。

ただ、佳織が困っている俺を見かねて、そんな嘘を吐いてくれたんだろう。

俺はその嘘に感謝しつつ、頷く。

「そ、そうだね。あの時は佳織と一緒にいたよ」

「ええ⁉　嘘だー！　絶対にお兄さんだったって！」

「はいはい、分かりましたから。これ以上ここで騒ぐと、他の方への迷惑になりますよ？」

「うぅ……嘘じゃないのに……てか、何かはぐらかされた気がする……」

妹さんは、どこか恨みがましい視線を佳織へと送った。

すると、佳織はそんな視線を気にせず、俺に向き直る。

「改めまして、こちらが妹の――」

「佳澄です！　アタシ、あの時助けてくれた人はお兄さんだって信じてますからね！」

「あ、あはは……えっと、俺は天上優夜って言います。よろしくね、佳澄さん」

「私の方が年下ですし、そんなに畏まらないでください！　アタシも、優夜兄ちゃんって呼ぶから！」

「わ、分かったよ……」

ぐいぐいと迫って来る佳澄さん……改め、佳澄に戸惑いながら、俺は頷いた。

そんな俺の様子に満足した佳澄は、ふと気づいたことを口にする。

「そういえば、留学中に優夜兄ちゃんに暮らしてもらう場所だけど――」

「ああ、その話でしたら――」

「やあ、カオリ！　待ってたよ！」

突然、そんな声が響き渡った。

声の方向に俺が視線を向けると、一人の身なりのいい青年が、仰々しく両手を広げて、歓迎の意を示していた。

突然のことに驚きつつも、俺は周囲の状況を見て、さらに混乱した。

な、何だ？　この人だかりは……。

何と青年を護るように、その周囲にはこれでもかというほど、ＳＰらしき人たちが集まっていたのだ。

一体この青年が何者なのか分からずに困惑していると、佳織が驚きの声を上げる。

「じょ、ジョシュア様⁉　どうしてこちらに⁉」

「え？　佳織の知り合い？」

「は、はい。その……この国の王太子殿下です」

「へぇ、王太子――――へ？」

俺は一瞬、佳織の言葉が理解できなかった。

確かに、今回留学することになったこの国には、王政がまだ残っている。

とはいえ、こんな風に気軽に会えるような人物ではないはずだ。

そんな方が目の前に……。

完全に固まる俺をよそに、ジョシュア様と呼ばれた青年は、流暢な日本語を使いつつ、佳織に近づく。

「何を言ってるんだい？　当然、俺の婚約者である君を迎えに来たに決まってるじゃないか！」

「ええ⁉」

「ね、姉ちゃん、婚約してたの⁉」

どうやら佳澄もそのことを知らなかったようで、驚きの声を上げていると、佳織は必死に否定する。

「してません！　ジョシュア様、そのお話はお断りしたはずです！」

「どうしてだ？　この俺と結婚すれば、君はこの国の王妃になれるのだぞ？」

「そうであっても、私は王妃になることには興味がありませんから」

よく分からないが、どうやら佳織はこのジョシュア様に婚約を持ち掛けられ、佳織はそれを断ったらしい。

あまりにも世界観が違い過ぎる光景に戸惑いつつも、俺は同時に納得した。

そうだよな……佳織は上流階級の人だし、王太子殿下と接点を持つことだってあるか……。

何より、佳織は本当にいい子だ。ジョシュア様が気に入るのも当然だろう。

俺とは、あまりにも住む世界が違う。

何とも言えない気持ちで二人のやり取りを見ていると、不意にジョシュア様の視線が俺に向いた。

「それで……お前がユウヤか」

「は、はい」

すると、ジョシュア様は俺のことを上から下までじろじろ眺め、鼻を鳴らした。

「フン……みすぼらしさがにじみ出ているな。いいか、お前が留学できたのはカオリのおかげだと言うことをしっかり理解しろよ？」

「もちろんです」

それは当然だ。

普通、俺なんかが留学生に選ばれるなんてありえない。

だからこそ、佳織のおかげでこの場にいられているということは、重々理解していた。

そんな俺の反応を見て、ジョシュア様は面白くなさそうな表情を浮かべる。

「張り合いのない……ただ、お前の留学は認めたが、お前の滞在する場所をこちらで用意するつもりはない」

「それに関しましては、私どもの方で用意しておりますので、ジョシュア様のお手を煩わせる心配はございません」

すると、毅然とした態度で佳織がそう告げた。

そう、俺が留学中に過ごす家だが、司さんの取り計らいで事前に用意してもらっていたのだ。

というより、佳織たちの家の一室を借りることになっている。

最初は申し訳ないと断ったのだが、司さんが俺がそばにいる方が安心だと言ってくれたことと、佳織も同じことを言ってくれたため、お言葉に甘えることにした。

何から何まで、本当にありがたい。

改めて佳織たちに感謝していると、ジョシュア様は眉を顰める。

「何？　どこで過ごさせると言うんだ？」

「もちろん、我が家です」

「なっ⁉　か、カオリの家だと⁉　そんなことは認めん！」

「何故でしょうか？　我々の都合で優夜さんを呼んでいる以上、これくらいは当然かと」

「いいや！　ソイツはカオリのおかげで留学できているんだぞ⁉　そこまでする必要はないだろう！」

「何にせよ、我が家のことですから、ジョシュア様には関係ありません」

「ぐっ！」

キッパリとそう言い切ってみせる佳織に対し、ジョシュア様は言葉を詰まらせた。

そして俺をすごい形相で睨むと、口を開く。

「……まあいい。せいぜい、ボロが出ないように過ごすことだな」

「は、はい」

ぼ、ボロ……？

何のことか分からずに俺が首を傾げていると、結局ジョシュア様はSPたちを引き連れ、帰っていった。

その様子を呆然と見送っていると、佳織がため息を吐く。

「はぁ……優夜さん、黙っていてすみませんでした」

「い、いや、それは問題ないんだけど……大丈夫なの？」

「そうだよ、姉ちゃん！　相手は一応、王太子なんでしょ？」

「ええ、心配いりません。お父様も大丈夫だと言ってくださいましたから」

「それならいいんだけど……」

佳澄はそう口にすると、ジョシュア様が去っていった方向に視線を向ける。

「それにしても……ジョシュア様があんな人だとは思わなかったね」

「え？」

「そういえば、佳澄も昔、ジョシュア様を一度だけ目にしているんでしたね」

「うん！　あの時は姉ちゃんも一緒だったけど、パーティーでね。その時はジョシュア様は色々な人に囲まれてたし、何かすごい人なんだなぁって感じだったけど、まさか姉ちゃんに言い寄ってくるなんて！」

「い、言い寄るって……」

「本当のことじゃん！　姉ちゃんは断ったんでしょ？　それなのにしつこすぎ！」

ズバズバ言い続ける佳澄に、俺も佳織も苦笑いを浮かべた。

「それよりも、改めて今回の留学についてですが、先ほどのやり取りである程度察せられたかと思うのですが、ジョシュア様から提案されたものだったんです。最初は私が求婚されたことが始まりでしたが、それをお断りしたところ、留学の話になりまして……」

「な、なるほど」

「優夜さんには心配をかけたくなくて、今まで黙ってました。ごめんなさい」

佳織はそう言うと、頭を下げた。

「い、いや、気にしないで！」

むしろ、そんな事情も知らず、呑気に過ごしていて申し訳ないくらいだ。

それよりも、一つ合点が行ったことがある。

というのも、佳織からの説明を受けて、今回の留学に際して、何故かドレスコードに合わせた服を用意するように言われていたのだ。

幸いなことに、美羽さんのご両親に挨拶した時に用意していたスーツがそのまま使えるので、特に問題はなかったが、留学でドレスコード指定？　と疑問に思っていたのだ。

だが、今回の留学が王太子殿下であるジョシュア様からの提案であるのなら、話は変わってくる。

先ほどの佳澄の話にもあったように、パーティーなどが開催される可能性もあるというわけだ。

そこでドレスコードに合わせた服を着用するのだろう。

まああのジョシュア様の感じだと、俺がお呼ばれすることはないだろうけど……。

何はともあれ、俺の想像していたような普通の留学とは違っているようだ。

「まあいいや。早く帰ろ！」

そう言いながら前を歩き始める佳澄。

すると、佳織がそっと近づいてきて、声を潜める。

「そういえば、ハイジャックの件、佳澄が助かったのは優夜さんのおかげなんですよね？」

「え？　あ、あれは……まあ、そうだね」

佳織は異世界に関することなどを知っているため、何も隠す必要がない。

俺が認めると、佳織は微笑んだ。

「改めて、あの時は本当にありがとうございました。優夜さんのおかげで、佳澄は無事でした」

「そんな！　俺の方こそ、助けられてよかったよ」

そんなやり取りをしていると、俺たちがついて来ていないことに気づいた佳澄が声を上げる。

「ちょっと！　二人ともどうしたのー？」

「何でもありません！　さ、優夜さん、行きましょう！」

こうして俺たちは、佳織の家へと向かうのだった。

＊＊＊

「す、すごい……」

俺の目の前には、立派なタワーマンションが聳え立っていた。

というのも、このマンションこそが、今回俺がお世話になる佳織たちの家なのである。

「分かってはいたけど、やっぱり佳織ってお嬢様なんだね……」

何より、この家に向かってくる際、迎えに来てくれた車もすごく立派なもので、運転手さんまでいたのだ。

ジョシュア様ほどではないにしても、佳織も上流階級の人間なんだと強く実感する。

「こちらです！」

佳織たちに促されるまま、マンションのエントランスに足を踏み入れると、さらに圧倒されることに。

うわぁ……どこを見ても煌びやかで、マンションというより、高級ホテルみたいだ……

まあ高級ホテルに泊まった経験はないんだけどね。

ただひたすらに感心しっぱなしで進んでいくと、ついに佳織の家に着いた。

き、緊張してきた……。

異世界では、レクシアさんに招待してもらって、王城で過ごしたこともある。

しかし、その時とはまた違う豪華さに、気後れしてしまうのだ。

それに、何気にこうして友人の家にお呼ばれするという機会も初めてなので、そう言った意味でも緊張していた。

そんな俺をよそに、佳澄はドアを開けて家の中に入っていく。

「ただいまー！」

「――――お帰りなさい」

「あ……」

すると、一人の女性が出迎えてくれた。

その女性からは、どこか佳織や佳澄の面影が感じられた。

この人は……。

そんな風に俺がその女性を眺めていると、女性が俺の視線に気づく。

「いらっしゃい、優夜君。私は佳織と佳澄の母、佳弥よ。貴方の話は夫からもよく聞いてるわ。よろしくね」

「は、はい！　よろしくお願いします！」

そう、目の前の女性こそ、佳織たちのお母さん、佳弥さんだった。

すると佳弥さんは、そんな俺の様子を見て微笑む。

「そんなに緊張しなくても大丈夫よ。ここでは自分の家のようにくつろいでいいからね」

「あ、ありがとうございます」

なんだろう、こう……凜とした雰囲気というか、すごくできる大人といった雰囲気を佳弥さんから感じる。

そんなことを考えながら、俺は佳織たちに部屋を案内してもらう。

「ここが、優夜さんのお部屋です」

「おお……！」

案内された部屋は、それこそ高級ホテルの一室のようで、かなり広い。

俺が部屋の広さに感動していると、佳弥さんがやって来る。

「どうかしら？　一応、必要そうなものはこちらで用意しておいたけど……」

「ありがとうございます、大丈夫です！　むしろ、何から何まですみません……」

「気にしないでちょうだい。今回の留学は、こちらの都合で巻き込んでしまったようなものだし」

どうやら佳弥さんも今回の留学の経緯を知っているようで、そう口にする。

そして、佳弥さんは少し申し訳なさそうな表情を浮かべた。

「それで……さっそくで申し訳ないんだけど、ジョシュア様から招待状が届いているの」

「え？」

予想外の言葉に驚く俺たち。

「招待状、ですか？」

「ええ。今日の夜、佳織の歓迎パーティーを開くそうよ」

「ええ⁉ そ、そんな急に……」

驚く佳織に対して、佳弥さんも疲れたように言葉を続けた。

「そうよね……私としても、今日はゆっくり家で佳織や優夜君の歓迎会を開くつもりだったんだけど……」

「さすがに断ることは、難しいですよね……」

「そうね。貴女の歓迎パーティーと言ってる以上、ここで貴女が参加しないとなると、ジョシュア様に恥をかかせることになるわ。ただね……実は、優夜君も招待されているの」

「え？ 俺もですか？」

どういうわけか、ジョシュア様は俺に対してどこか刺々しい印象があったため、てっきり俺は招待されないと思っていたのだ。

ただ、招待された以上、佳織と同じように断るわけにはいかないだろう。

「わ、分かりました。では、今日の夜はそのパーティーに参加してきますね」

「そうしてもらえると助かるわ」

何と言うか……まさか、こんなにも早くドレスコードに合わせた服を使う時が来るとは思わなかったな……。

「とはいえ、パーティーまでまだ時間があるけど、優夜君はこの後どうする？　この家の近所でも案内してあげましょうか？」

「あ、いえ！　皆さん、久しぶりに佳織さんと再会されたようですし、俺は部屋でゆっくりしてますから」

「本当に？　遠慮しなくてもいいのよ？」

「はい、ありがとうございます」

街の案内という申し出はありがたいが、佳織もせっかくお母さんや佳澄と再会できたのだ。

家族でゆっくりしたっていいだろう。

俺がそう告げると、ひとまず佳弥さんたちは納得してくれた。

「分かったわ。じゃあ何かあったらいつでも呼んでね」

「では、優夜さん、また後ほど！」

そして、佳織たちを見送ったところで、俺は一息つく。

そんな佳織たちが部屋から去っていくのだった。

「ふぅ……あ、そうだ、サーラさんを呼ばないと……」

サーラさんとの約束を思い出した俺は、さっそく転移魔法を発動させて、日本の家へと戻った。

するると、俺の気配を察知してか、すぐにサーラさんがやって来る。

「優夜さん、お待ちしてました」

「ひとまず戻って来ました。でも……本当について来るんですか？」

「はい。ここは一度、優夜さんの巻き込まれ体質にかけてみようかと思いまして」

なんだろう、事実とはいえ、あまり嬉しくない……。

「えっと、それじゃあ行きましょうか」

「はい！」

こうして俺は、サーラさんを連れて、再び転移魔法で佳織たちの家に戻ってきた。

一瞬で長距離を移動したことを感じ取ったサーラさんは感嘆の声を上げる。

「素晴らしいですね……私の時代には『星力』も使わず、ここまでの長距離を一瞬で移動する技術はありませんでした。それに、向こうは夜でしたが、こちらは昼なんですね」

そう、サーラさんを呼びに行った際に気づいたが、こちらは昼間でも、日本は夜だったのだ。

そのため、レクシアさんたちもすっかり眠っていたようだが、サーラさんは俺が呼びに帰ってくることになっていたため、わざわざ起きていたらしい。今日中に思い出してよかった……。

それに、ここまで時差があると、やはりレクシアさんたちを連れて来るのは無理だったな。もし来ていたら、睡眠時間が無くなっちゃうだろうし。

俺がそんなことを考えている間、サーラさんは部屋を見渡していた。

「ふむ……優夜さんの家の様式とはだいぶ異なりますね」

確かに、俺の家が昔ながらの和風な作りなのに対して、佳織の家は、かなり現代的な洋風の造りで、非常に洗練された印象を受ける。

それに、違うのは家だけじゃない。

佳織の家に到着するまでの車の中で、街の様子を見ていたが、やはり日本とはどことなく雰囲気が違っていた。

ただ、日本の街中も出たことがないサーラさんには、分からないだろう。

「さて、約束通りこちらの国にお呼びはしましたけど……これからどうするんですか？」

俺がそう訊くと、サーラさんは考え込む様子を見せる。

「そうですね……せっかくなので、街中を見て回りたいと思います」

「なるほど」

「なので、ぜひ優夜さんに付き合ってもらえればと」

「え？」

思わず俺がそう訊き返すと、サーラさんは真面目な表情を浮かべた。

「先ほどもお伝えした通り、私は優夜さんの巻き込まれ体質というものに非常に期待しています」

「そんなものに期待されましても……」

「なので、優夜さんと出かければ、神々からの接触があるんじゃないかと思いまして……一緒に外を見て回っていただけませんか？」

「ま、まあ夜までなら時間があるので大丈夫ですが……」

ここまでハッキリと俺の巻き込まれ体質を当てにされると、何とも言えない気持ちになるな……。

そもそも、巻き込まれ体質というもの自体、あまり認めたくないし。

でももしこれで本当に地球の神々が襲ってくるようなら、いよいよお祓(はら)いに行った方がいいかもしれない。

何はともあれ、サーラさんが街を見て回りたいということで、それに俺も同行することになった。

一応、佳弥さんに街を散歩しにいくことを伝えると、再び案内を申し出てくれた。

「本当に一緒じゃなくて大丈夫？」

「はい、大丈夫です。せっかくなんですから、佳織さんとゆっくりしていてください」

まあ海外経験が浅いのは本当なので、俺自身不安がないと言えば嘘になるが、何か買ったりするつもりもないし、海外でよく聞くスリなどのトラブルも、今の俺なら対処できるだろう。

それに、今回はサーラさんが一緒だからな。

佳弥さんの提案を丁重にお断りしつつ、俺は街に繰り出した。

その際、サーラさんは事前に伝えられていた通り、姿を消した状態で俺について来る。

「不思議ですね……『星力』で完璧に姿や気配を消せているはずですが、優夜さんには分かってしまうなんて……」

「ま、まあ……俺としては、その『星力』の方が不思議ですけどね」

俺は色々な力を持っているおかげか、サーラさんの姿こそ視認できないものの、気配を感じとることはできていた。

「それで、どうしますか？　俺は特に予定がないので、サーラさんの行きたい方向について行きますよ？」

「では、少しお待ちください」

サーラさんはそう言うと、静かに目を閉じる。

そしてしばらくすると、サーラさんの身体から、青色の光が溢れ出し、そのまま一気に街中に広がっていった。

その姿はまるで、霊冥様が神々の動向を探っていた時に似ている。

そんなことを思っていると、サーラさんが目を開けた。

「……残念ですが、この地では神々の気配は感じられませんでした」

「あ、やはり今のは……」

「優夜さんのご想像通り、私の持つ『星力』を使った探知です。もちろん、まだ万全な状態ではないため、昔ほどの精度はありませんが……かつて散々戦った神々の気配であれば、見逃すはずがありません。ですので、現状この地には神はいないと見ていいでしょう」

「なるほど……」

そう言えば、霊冥様は神々の気配を探った際、神々の気配が世界中のどこを探しても感じられなかったって言ってたな。

サーラさんは、神々が力を隠すなんて想像できないと言っていたが、サーラさんが封印されている間に、ヤツらの心境の変化があってもおかしくはないだろう。

ということは、今サーラさんが神々の気配を感じ取れなくても、この地にヤツらがいる可能性だってある。

「何にせよ、警戒はしておきましょう」

「そうですね。たとえこの地にいなくとも、ヤツらの方から向かってくればいい話ですから。というわけで、期待してますね、優夜さん」

「き、期待されます」

そんな一幕がありつつも、姿を消したサーラさんと一緒に、俺は街を見て回り始めた。

人通りの数は、それほど俺が暮らしている日本と変わりないように思えるが、海外というだけでどことなくオシャレに感じるのは気のせいだろうか？

それよりも、美羽(みう)さんと一緒に海外に行った際に分かっていたとはいえ、【言語理解】スキルのおかげで周囲から聞こえる声がちゃんと日本語で聞こえることに安心した。

ちなみにサーラさんは、俺たちと普通に意思疎通できているように、どうやら特殊な翻訳能力を持っているようで、海外の会話も問題なく聞き取れていた。まあその会話の内容を理解できるかは別の話だが……。

すると、そんな街中を見回して、サーラさんが口を開く。

「何と言いますか……かなり世界の文明は変わったようですね。それにやっぱり、たくさ

ん の車が本当に地上を走ってる……空を飛べばいいのに」

「その、空は空で移動手段がありますから」

「でもそれは、個人が所有できるものではなく、公共交通機関なのでしょう？」

「それはまあ……」

「それに、時々見かけるあの二輪の……」

「自転車ですか？」

「それです。恐らく、車に比べて自転車の方が手軽な乗り物なのでしょうが、私がいた時代では、【フライングディスク】と呼ばれる空飛ぶ小型の円盤に乗って、移動してましたよ」

「まさかのＵＦＯ⁉」

メルルさんのような、宇宙人の口からその存在を訊くのではなく、かつて地球に存在していた文明の一つとして、その名前が出てきたことに驚いた。

古代ってすごい……。

そんなことを考えながら歩いていた時だった。


ドォオン！

「ん？」

何やら、大きな爆発音が聞こえてきたのだ。

思わず俺が音の方向に目を向けると、少し離れた場所から煙が上がっているのが見えた。

「あれは……」

「もしや、神々の襲撃ですか!?」

「ええ……？」

それにしては、神兵の姿がないし……。

海外だからこそ、テロのようなものが起きたのかとも思ったが、周囲の人々は一瞬気を取られただけで、特に騒ぐような素振りを見せていない。

何より、結構な爆発に見えたが、特に警察や消防隊が動いているような気配がなかったのだ。

一体何が……。

「優夜さん！　ひとまず行ってみましょう！」

「え？　あ、サーラさん！」

すると、サーラさんはそう言うや否や、爆発音のした方向へ向かって走り出してしまった。

　俺が慌ててサーラさんを追いかけると、街はずれの方にやって来た。

　ここは何というか、メイン通りから離れているせいか、あまり治安がいいようには思えない。

　しかし、サーラさんを追って辿り着いた先には、たくさんの人が集まっていた。

「何だ？」

　見たところ、その集団から、特に危険な様子は感じられない。

　もう少し集団を観察していると、どうやら目の前の建物を見物しているようだった。

　俺もその集団に交じって、その建物を観察する。

「あれは……映画か何かの撮影？」

　どうやら何かの撮影中だったらしく、そこには様々な撮影機材が並んでいたのだ。

　そして、煙が上がっていたため、火事でもあったのかと思っていたが、どうやら舞台装置の爆薬だったようで、建物自体が炎上している様子はない。

　何の撮影だろう？　ドラマ？　それとも映画？

　どちらにせよ、日本と違って派手だなぁ……。

「優夜さん、あれは何ですか？」

俺が珍しい光景を観察していると、サーラさんが訊いてくる。

「えっと……恐らく映画かドラマの撮影だと思います」

「映画？　ドラマ？」

あー……そうか、UFOはあっても、テレビや映画はなかったのか……。

「その、何て説明すればいいのか……舞台演劇は分かりますか？」

「もちろんです。私の時代では、色々な劇団が様々な題材を演じていましたよ」

「それと似たような感じです。違う点があるとすれば、舞台演劇のようにその場で演技を見てもらうのではなく、特殊な装置で演技を記録して、それを色々な場所で見られるようにしたものが、ドラマや映画といったところでしょうか」

「なるほど……演劇はそう発展したんですね。何にせよ、神々とは関係なさそうです……」

そう言いながら肩を落とすサーラさん。

しかし、サーラさんの時代には存在しないものだったためか、興味津々で撮影の様子を眺めている。

それは俺も同じで、滅多にない機会にワクワクしていた。

ま、まあ家にはテレビもないし、映画やドラマどころか、俳優さんだって全然知らないんだけどさ……。

そんなことを思いつつ、撮影現場に目を向ける。

すると、どうやら目の前の建物の屋上で撮影が行われているようで、よく見ると、一人の女性が屋上の縁の近くに立っていた。

どういう状況のシーンなんだろう?

演技とはいえ、あんな場所に立つのは怖いだろうな……。

見た感じ、落下防止の対策らしく、マットなどが用意されているが、アレだけでは助からないだろう。

ちなみに煙は、目の前の建物の屋上と、両隣にあるビルの看板から上っていた。

ここだけのシーンを見たところで何も分からないが、こうして撮影の様子を見に来ている一般の人の数から察するに、結構有名な作品なのか、人気のある俳優さんが参加しているのかもな。

せっかくなので俺もこの撮影現場を見学していると、監督らしき人と、スタッフさんの話し声が聞こえてきた。

「さっきの爆破テストはどうでしたか?」

「うーん……少しインパクトが弱いな……これ以上、火薬は追加できないのか?」

「一応、余裕は持たせてありますが……」

「なら、限界まで火薬を追加してくれ。ここはヒロインが追い詰められて、絶体絶命になる大事なシーンなんだ。周囲が悲惨になればなるほど、ヒロインの絶望感が増す」

「分かりました」

へぇ……あんな感じで話が進むのか。

思えば、美羽さんと一緒にモデルの仕事をさせてもらった際も、スタッフの皆さんが難しい話をしてたな。

目の前の撮影現場を見学しつつ、俺がモデルの撮影をした時のことを思い返していると、本番の撮影がスタートした。

ここからではハッキリとは見えないが、かなり気合いの入ったアクションシーンのようで、先ほどから何かが爆発する音や、銃撃戦のような音が周囲に響き渡っていた。

「激しい音が聞こえますが、大丈夫なんですか？」

「そういう演出なので、大丈夫だと思いますよ」

「そうですか……それにしても、舞台で本物の爆薬が使われるとは、すごい時代ですね」

どこか感心した様子のサーラさんに対して、俺はふと気になったことを訊いた。

「サーラさんの時代にはどんな舞台があったんですか？　それこそ、サーラさんが持っているような特殊な力を使えば、似たような演出なんかもできそうですけど……」

「私の力は、神々に対抗するためのもので、舞台に使うなどという余裕はありませんでした。それに、今思えば、神々との戦争のため、娯楽そのものが少なかったような気がします」

「あ……す、すみません」

俺の無神経な言葉を受けて、サーラさんは寂し気に笑った。

すると、撮影が一区切りついたらしく、一旦休憩となる。

「よし、ラストシーンの前に、もう一度火薬をテストしておけ」

「分かりました」

先ほどの監督らしき人物とスタッフさんの会話が耳に入る。

なるほど、次がラストシーンなのか。すでに大分派手な気がするけど、ラストシーンはどれだけ派手にするつもりなんだろう。

そんなことを考えていると、ビルの屋上の縁に、先ほど見た時と同じように、一人の女性が立っていた。

その女性は、屋上から下を見下ろし、俺たち観客に向かって手を振ってくれる。

先ほどのスタッフさんの話を聞いた感じ、恐らく彼女が次のシーンでは重要な役なんだろうな。

それよりも……。

「キャー！　こっちに手を振ってくれたわ！」

「やっぱ生で見るオリヴィアはすげぇ綺麗だなー」

「今回の映画も大成功間違いなしだろ」

周囲の観客から、屋上にいる女性に対して、たくさんの歓声が飛んでいたのだ。

へぇ……すごく有名な方なんだなぁ……。

残念ながら、俺は映画やドラマを全然見てこなかったため、屋上の女性がどんな人なのか、まったく知らなかった。

そんなことより、屋上の縁で手を振る女性の姿を見て、俺は思わずハラハラしてしまうが……まあ彼女自身気を付けてるだろうし、大丈夫だろう。

そう思った次の瞬間だった。

突如、今までで一番の大きな爆発音が鳴り響く。

これは……さっき監督さんが話していた火薬のテストか？

思っていた以上の音に、俺が驚いていると――――。

「きゃあっ！」

「なっ⁉」

なんと、女優の方が、爆発音に驚き、ビルの屋上から足を滑らせてしまったのだ！

それを見ていた撮影スタッフは、慌ててマットを移動させるが、とても間に合いそうにない。

「クッ！」

俺は観客の中から一気に飛び出すと、そのままビルの壁面を駆け上がり、空中で彼女を抱きかかえる。

「え⁉」

「フッ！」

驚く女性をよそに、俺はできるだけ衝撃を殺せるように、注意しながら柔らかく着地した。

そんな俺の様子を見て、唖然とする観客や撮影スタッフの皆さん。

しかし、トラブルはこれだけでは終わらなかった。

「あ、危ないッ！」

なんと、先ほどの爆発の影響か、隣のビルの看板が、こちら目掛けて落ちてきたのだ！

このままではぶつかると判断した俺は、即座に彼女を背中で守るようにしながら、看板目掛けて蹴りを放った。

すると、看板は勢いよく跳ね上がり、誰もいない場所に落下した。

ひとまず、怪我人がいなそうなことを確認すると、俺は一息つく。

「ふぅ……大丈夫ですか？」

「あ、貴方は……」

『うぉおおおお！』

「⁉」

次の瞬間、周囲から凄まじい歓声が上がった。

その歓声の大きさに俺が驚いていると、興奮した様子で皆は口々にはしゃぎ始める。

「おい、今の見たかよ⁉」

「どうなってんだ⁉　いきなり青年が現れたかと思ったら、空中でオリヴィアを抱えて、しかも無傷で着地したぜ！」

「それどころか、落ちてきたデカい看板も蹴り飛ばしてたぞ⁉」

「人間業じゃねぇだろ！　まさか、これも撮影の一環だったのか⁉」

「それにしては、あの青年、初めて見るけど……アジア人の俳優？」

「すごいセクシーね！」

「てか、今の撮れた？」

「撮れた！　ＳＮＳにあげようぜ！」

「え、えっと……」

「あ、あの……」

「え？　あ、すみません！」

周りの圧に驚く中、俺は腕の中にいる女性の声で正気に返り、女性を降ろした。

すると、女性は戸惑いつつも、俺を見つめる。

「今のは……い、一体どうやって……」

「あ、いや、その……」

目の前の女性が危険だと思った瞬間、俺は身体が勝手に動いていたため、その後どうやってごまかすかなどは考えていなかった。

必死に頭を働かせつつも、いい答えは一切浮かばない。

ああ……こんな時、メルルがいてくれたら……！

一瞬、サーラさんにメルルさんと同じような、記憶を操る技術はあるか確認したくなったが、まだ《星力》も万全ではないため、仮にできたとしても、今は難しいだろう。

あまりにもどうしようもない状態のため、どこか現実逃避のように、俺は改めて目の前の女性を見つめた。

ウェーブのかかった、肩甲骨(けんこうこつ)辺りまで伸びる茶色の髪に、同じく色素の濃い茶色の瞳。

モデルのように背が高く、自然と目が惹(ひ)かれるような、芸能人ならではのオーラを感じた。

こうして俺が現実逃避を続けていると、監督らしき人物が、慌てて駆け寄って来る。

「オリヴィア、無事か⁉」

「あ、監督……こちらの方のおかげで、何とか助かりました」

オリヴィアと呼ばれた女性がそう伝えると、監督さんは俺の方に視線を向ける。

「ああ、見ていたよ。オリヴィアが足を滑らせた時は、何もかも終わりだと思った。でも、まさか助かるなんて！　君は一体何者なんだ⁉　映画やドラマに出てくるような、本物のヒーローなのかい⁉」

「い、いえ、そういうわけでは……」

「いいや、間違いない！　ビルの屋上から落ちた彼女を救っただけでなく、落下してきたビルの看板まで蹴り飛ばすなんて、ヒーロー以外になんといえばいいんだ⁉」

すごく興奮した様子で詰め寄って来る監督さん。

や、ヤバイ……どう考えても言い逃れできないぞ……！

そんな中、俺の口を突いて出た言葉は……。

「そ、その……武術を、少々やってまして……」

どう考えてもおかしいですね！

事実、俺の返答を聞いたオリヴィアさんは、唖然とした表情を浮かべていた。

内心で頭を抱えて、俺が冷や汗を流す中、何故か監督さんは目を輝かせた。

「武術！　なるほど、見たところ、君はアジア人のようだし……いやぁ、世界は広いね！」

納得した⁉

どう考えてもおかしい俺の答えに、監督さんは満足したようだった。

とはいえ、このままここに留まっていては、色々大変なことになる。

今も、周囲の見物客たちから、スマホのカメラを向けられ、撮影されているのだ。

これ以上大事になってしまうと、これからの留学生活に支障が出る！

「え、えっと……とにかく、無事でよかったです！　では！」

「え⁉」

「あ、ちょっと！　君、ぜひとも俺の映画に出演をおぉおおお！」

背後で監督さんが何かを叫んでいたが、俺はひとまずこの場から離脱することを優先し、足早にその場を去るのだった。

＊＊＊

優夜(ゆうや)が映画の撮影に遭遇している頃。

佳織(かおり)は、佳弥と佳澄(かすみ)の二人と、久々の団欒(だんらん)を楽しんでいた。

「それにしても……ジョシュア様が貴女(あなた)にねぇ」

佳弥は、佳織から今回の留学の経緯を改めて聞くと、どこか呆(あき)れた様子でため息を吐(つ)いた。

「おかしいと思ったのよ。何の脈絡もなく貴女の留学話が出てきて、その留学生でしかない貴女たちを歓迎するためのパーティーだなんて、普通あり得ないもの」

「ですよね……」

「なんていうか、ジョシュア様って強引すぎだよね。あんな人だとは思わなかった」

佳澄もジョシュアのことを思い出し、口にする。

「そもそも、どうして佳織はジョシュア様に見初(みそ)められたのかしら？」

「それは……私もよく分かってないんです。ジョシュア様とは、佳澄の学校のパーティーでお目にかかっただけですし……」

「そうだね。あのパーティーの時だって、アタシたちはジョシュア様に挨拶する暇もなかったしね」

「はい。なので、どうしてこんなことになったのか……」

「なるほどね……王族の気まぐれなのかしら？　でも、佳織は断ったのよね？」

「はい。ちゃんとお断りしました」

「何にせよ、いい迷惑ね」

「ははは……」

あまりにもな佳弥の物言いに、佳織は苦笑いを浮かべた。

すると、佳弥はあることに気づく。

「ちなみに、どうして優夜君が一緒に来ることになったの？　ジョシュア様の様子だと、留学生として呼ぶのは貴女だけがよかったんじゃない？」

「えっと……お母様の言う通り、元々は私だけの予定だったのですが、私一人では心細いので、ジョシュア様に父が交渉したところ、もう一人留学を受け入れてもらえることになったんです。そこで、ここ最近、学園に大きく貢献している優夜さんにお願いする形に

「……」

「へぇー！　流石、優夜兄ちゃん！」

佳織の言葉に、佳弥は驚きつつも納得する。

「確かに……貴女たちの年齢なら、海外を一人で歩くなんて不安でしょうに、特に気負った様子もなく散歩に出かけちゃうんですもの。驚いちゃったわ」

「あ、優夜兄ちゃん本当に一人で出かけたの!?」

佳澄はてっきり、優夜は部屋でくつろいでいると思っていたため、佳弥の話を聞いて目を見開いた。

「ええ。だから、貴女の学園で優秀だって聞いても、あまり驚かないわ」

「そうですね……ですが、それ以上に優夜さんと一緒にいると、安心するんです」

ふと、佳織が穏やかな表情を浮かべると、それを見た佳弥は意外そうな表情を浮かべた。

「安心？」

「あ、分かる！　優夜兄ちゃんと一緒だと、安心するよね！」

すると、まさか佳澄までもが同調したため、佳弥は驚いた。

「そういえば、佳澄は最初から優夜君に懐いてるようだったけど……どこかで会ったことあるの？」

「うん！　前に飛行機でハイジャックに遭った時、助けてくれたのが優夜兄ちゃんだよ！」

「ええ⁉」

佳澄の予想外の発言に、佳弥は驚愕した。

「そ、それって、前に話してた、不思議な女性と青年の話よね？　その正体が、優夜君だって言うの？」

「そうだよ！」

「ちょっと、佳織？　優夜君ってそんなにすごい人だったの？」

「え、えっと……」

異世界のことを知る佳織は、優夜がすごいことは重々理解しているものの、それをこの二人に説明するわけにもいかない。

「佳澄、さっき優夜さんは人違いだって言ってたじゃないですか」

「ええー！　でも、一度優夜兄ちゃんを見たら、絶対忘れない自信あるよ！」

「そうね……当時の佳澄の状況を抜きにしても、優夜君は目立つ容姿をしてるし、見間違いなんてないいんじゃない？」

「で、ですが、佳澄がハイジャックに遭っていた頃、私は日本で優夜さんと会ってましたから！　その優夜さんが、空を飛んでいる飛行機に現れるなんてあり得ませんよ」

「……そう言われればそうだけど……」

どこか納得のいかない表情を浮かべる佳澄。

しかし、佳織の言葉を否定する方法が、佳澄にはなかった。

すると、佳弥が何かを思いついた様子で、にこやかに口を開いた。

「ところで、佳織」

「はい？」

「――優夜君とはどこまで進んだの？」

「お、お母様⁉」

予想だにしていなかった母からの問いに、佳織は慌てる。

すると、佳澄は興味津々と言った様子で乗り出した。

「え、何々⁉　もしかして姉ちゃん、優夜兄ちゃんと付き合ってるの⁉」

「え、ええ⁉」

「言われてみれば、姉ちゃんと優夜兄ちゃん、二人とも距離近かったもんねー！　ねえねえ、いつから付き合ってるの⁉」

「！　……ま、まだ付き合ってません！」

佳織が慌ててそう答えると、佳弥は意味深な表情を浮かべる。

「ふぅん……『まだ』、ねぇ？」

「あ！」

思わず口を押さえる佳織だったが、次第に顔が赤く染まっていった。

「でも、その様子を見る限り、佳織は彼に気があるんでしょう？」

「え、えっと、その……」

佳弥からの追及に慌てふためく佳織。

言葉にせずとも、それが答えだった。

すると、そんな姉の様子を見て、佳澄は感慨深そうに呟く。

「そっかー……姉ちゃんがねぇ……でも、確かに優夜兄ちゃんカッコいいもんなー……」

「あら、佳澄？　まだ優夜君は佳織と付き合ってないみたいよ？　それなら、貴女にもチャンスがあるんじゃないかしら？」

「え、ホント⁉」

「お、お母様⁉」

まさかの佳澄を応援する発言に、佳織は目を見開いた。

「いいじゃない。私からすれば、二人のどちらが付き合っても一緒だし」

「それはそうですけど！」

声を上げる佳織に対して、佳澄がねだるように縋る。

「姉ちゃん！　優夜兄ちゃんちょうだい！」

「なっ……ダメですよ！」

「ええー！　いいじゃん、いいじゃん！　優夜兄ちゃんちょうだいよー」

「だ、ダメです！　優夜さんはあげません！」

佳澄に対して、キッパリと拒絶の意思を見せる佳織。

だが、佳澄は諦めることなくねだり続けた。

そんな二人を眺めながら、佳弥は穏やかな笑みを浮かべるのだった。

第三章　パーティー

　ふと立ち寄った映画撮影現場で、またしてもトラブルに巻き込まれてしまった俺。

　その後、【同化】のスキルを使って追いかけて来る見物人から身を隠した俺は、大人しく家で過ごすことにした。

　勿論、当初の目的はサーラさんが俺の巻き込まれ体質を利用して、神々との接触を図ることだったが……サーラさんも今日のところは神々がやって来ることはないと判断したようで、帰宅に賛成してくれたのだ。

　それにしても……神々とは関係なかったとはいえ、結果的にトラブルに巻き込まれちゃったな……。

　いよいよ、お祓いに行った方がいいんだろうか……？

　前に神楽坂さんの神社でおみくじを引いた時も、おかしな結果だったし……。

　今度、神楽坂さんにお願いして、お祓いしてもらおう。

　そんなことを決意しつつも、家でゆっくり過ごしていたら、あっという間に歓迎パーティーに出発する時間になった。

当然、サーラさんを連れていくわけにはいかないため、家で大人しくしていてもらう。

そして、俺がパーティーに向かう身支度をしていると、不意にノックの音が聞こえた。

「優夜さん、準備できましたか？」

「うん、今行くよ」

久しぶりにスーツに身を包んだが……やはり着慣れないというか、不思議な感じだ。

準備を終えた俺が、佳織の元に向かうと……。

「あ……」

そこには、淡い青色のドレスに身を包んだ、佳織が立っていた。

いつもとは違う華やかさで、どこか神秘的な印象さえ覚える。

思わずそんな佳織の姿に目を奪われていると、佳織が俺の様子に気づいた。

「わぁ……優夜さん、すごく凛々しいですね……」

どこか感動した様子でそう口にする佳織を前に、俺は正気に返った。

「い、いやいや、佳織こそ……その、綺麗だね……」

思ったことを口にしただけなのだが、何故か顔が熱くなる。

すると、俺の言葉を受けた佳織の顔が赤くなった。

何とも言えない空気が漂う中、佳澄がやって来た。

「二人とも準備は――――って、すご！」

佳澄は俺たちに目を向けると、そのまま目を見開いた。

すると、そんな佳澄の背後から、佳弥さんもやって来る。

「あら……二人とも素敵ね」

「うんうん！　姉ちゃんは綺麗だし、優夜兄ちゃんはすごくカッコいいよ！」

「そ、そうかな？」

確かに、スーツを着ただけで、ビシッとした印象に変わるよね。

「そうだって！　これなら、ジョシュア様も悔しがるはずだよ！」

「ええ？」

どうしてそこでジョシュア様が出てくるんだ……？

確かに初めて会った段階で、俺はジョシュア様から嫌われているような印象を受けた。

しかし、所詮俺なんてただの小市民だ。

王族の、しかも次期国王であるジョシュア様となんて比べられるはずもない。

そんなことを考えていると、ふとあることに気づく。

「そういえば、パーティー会場までは歩いていくの？」

「それは流石(さすが)に……私もこの格好ですから」

「あ、それはそうか……でも、それならどうやって？」

佳弥さんが連れて行ってくれるんだろうか？

そんなことを思っていると、不意にインターホンの音が響く。

「ちょうど来たみたいね」

「え？」

驚く俺に対して、佳弥さんは笑顔で言葉を続けた。

「パーティー会場まで、二人を送ってくれる人よ」

なんと、わざわざ家にまで運転手さんと車を手配してくれていたのだ。

しかも、どうやらジョシュア様が手配してくれたらしく、用意された車は、どこからどう見ても高級だと分かる黒塗りの車だった。

……うん、やっぱり俺なんかとは比べ物にならないよ。

あまりの待遇の厚さに、思わず乾いた笑みが出るのだった。

＊＊＊

ジョシュア様が用意してくれた車に乗り、パーティー会場に辿り着いた俺たち。

するとそこは、まさにアルセリア王国の宮殿のような、白亜の城だった。

庭園には噴水と、様々な草花が咲き乱れていて、何と言うか……おとぎ話に登場するような、舞踏会の会場といった雰囲気だ。

まさかとは思うが……ダンスなんてやらない、よな……？

あまりにも豪華な雰囲気に、緊張しながら会場内に入ると、そこでは同じようにドレスやスーツに身を包んだ男女が、上品に会話をしていた。

「す、すごい……」

見れば見るほど、俺が場違いに感じる……。

しかも、会場の天井の一部はガラスになっており、空から月明かりが差し込んでいる。

他の窓ガラスも高級そうだ。調度品やら彫刻やら、どこを見渡しても高そうな物しか置かれてない。

俺が会場の雰囲気に圧倒されていると、佳織が笑った。

「ふふっ……確かにすごいですよね。私も何度か招待されていますが、毎回圧倒されていますから」

佳織はそう語るが、俺から見れば、佳織は非常に堂々としている。

こういう一面を知れば知るほど、佳織はお嬢様なんだなと強く感じた。

するとヽ今回のパーティーを主催した張本人であるジョシュア様がやって来た。

「やあ、カオリ！　来てくれたんだね！」

「ジョシュア様に呼ばれたのであれば、お断りできませんから」

そう口にする佳織だが、佳織にしては珍しく、その言葉には若干棘（とげ）があるように感じられたが……気のせいだろうか？

ただ、ジョシュア様はそんな佳織の答えに満足げに頷（うなず）きつつ、そのまま不愉快そうな視線を俺に向けた。

「それで、身の程もわきまえず、君も来たと？」

「ジョシュア様からの招待には優夜さんも含まれていたはずですが？」

どこかむっとした表情で佳織がそう言うと、ジョシュア様は肩をすくめる。

「ああ。だが、平民には荷が重いと思っていたのでね。てっきり逃げ出すと思っていたんだよ」

す、すごい言われようだなぁ……。

とはいえ、実際にこんな光景を見ると、気後れしてしまうのは確かだ。

そんな風に思っていると、周囲の視線が俺たちに向いていることに気づく。

「見て、ジョシュア様よ！」

「ジョシュア様と話してる方って、確かカオリさんっていう日本の子だったわよね？」

「そうそう、ジョシュア様が今日はカオリさんの歓迎パーティーだって仰っていたけど……」

「そ、それじゃあ、あの近くにいる殿方は一体……？」

「アジア人でしょうが……な、何て言いますか、すごく惹き込まれる魅力のある方ですわね……」

「本当に素敵……あら？」

何を話しているのかまでは聞こえないが、この場にいる日本人……というより、アジア系の人間は俺と佳織だけだったので、かなり目立っていた。

するとそんな周囲の視線に気づいたジョシュア様が、不機嫌そうに舌打ちする。

「チッ……カオリだけでなく、他の女性まで……！」

「え？」

「フン。どうせその化けの皮もすぐに剝がれることになる。せいぜいそれまで、このパーティーを楽しむんだな」

ジョシュア様はそう言うと、その場を去っていった。

「い、一体何だったんだ……？」

「優夜さんは何も気にしないで大丈夫ですよ」

何故か優しい表情で佳織にそう言われた。

その後、ジョシュア様による挨拶が行われ、本格的にパーティーがスタートした。

そんな中、俺が佳織と一緒に行動していると、それまで遠巻きに眺めていた人たちが、徐々に俺たちに声をかけてきた。

しかも、話しかけられたのは……俺の方だった。

「あ、あの！」

「え？　俺ですか？」

「ええ、貴方(あなた)です！」

てっきり佳織に声をかけると思っていたため、驚いていると、声をかけてきた女性は少し興奮気味に言葉を続けた。

「ぜひ、お名前をお伺いしても⁉」

「え、えっと、てん――あ、いや、優夜・天上(てんじょう)です」

いつも通り名前を伝えようとしたところで、ここは海外だったことを思い出し、慌てて言い直した。

だが、女性はそんなことは気にもせず、何故か俺の名前を反芻(はんすう)する。

「ユウヤ……ユウヤ様ですね！　覚えましたわ！　わたくしは――――」

「あ、抜け駆けは許さないわよ！」

「ちょっと、邪魔しないで！」

「ユウヤ様、英語がお上手ですね！　どこで学んだんですか⁉」

「あ、あの……⁉」

何故か、すごい勢いで押し寄せて来る女性たち。

な、何だ？　何が起きているんだ……⁉

あまりの勢いに困惑していると、不意に一人の女性が俺を見て声を上げた。

「あ！　も、もしかして、今日の撮影現場でオリヴィアを助けたのって、ユウヤ様じゃない⁉」

「え？」

「本当だ！　まさか、ユウヤ様だったなんて……！」

どうやらSNSか何かで、昼の映画撮影現場での出来事を知っていたようで、俺がオリヴィアさんを助けたことを知っている人が何人かいたようだ。

そのことが分かるや否や、さらに女性たちの勢いがヒートアップしていく。

どうすればいいのかも分からず、俺がただ勢いに押されていると、佳織が俺と女性たちの間にすっと割って入った。

「皆さん、落ち着いてください。そう一度に詰め寄られては、優夜さんもお答えできません。それに、しばらくの間はこちらで過ごすのですから、今はパーティーを楽しみましょう」

どこか断りにくい圧を放ちながら、佳織はそう言った。

そんな謎の圧に俺が驚いていると、女性たちはバツの悪そうな表情を浮かべて離れていく。

何はともあれ、佳織のおかげで俺は解放されたのだ。

「佳織、ありがとう」

「いえ！　こうなることは分かってましたから」

「分かってたの⁉」

そ、そんなに日本人って珍しいんだろうか……？

それにしては、佳織に話しかけてくる人はいなかったが……。

あれかな、上流階級のオーラが俺にはないってことなのかな？

異世界では、逆に貴族に滅茶苦茶間違われたわけだけど……やはり本物とは違うわけだ。

変に俺が納得していると、佳織は言葉を続ける。

「それにしても、先ほど優夜さんが誰かを助けたと言っていましたけど、何かあったんですか？」

「あー……」

わざわざ伝えることでもないかと黙っていたが、ここまできたら教えるしかないだろう。

俺が簡単に昼間の出来事を伝えると、何故か佳織は少し拗ねた様子を見せた。

「また女性ですか……」

「え？」

「……何でもないです。でも、危険を察知してすぐに助けてしまうところは、優夜さんらしいですね」

「そう、かな？　ただ無鉄砲なだけだと思うけど……」

「そんなことありません！　助けられた私が言うんですから」

佳織はそう言いながら笑った。

こうしてちょっとした一幕もありつつ、パーティーが進んでいくと、ジョシュア様が再び皆の前に立つ。

「さて、そろそろ談笑も済んだことだろうし、ここからはダンスの時間といこうじゃないか！」

ジョシュア様がそう言うや否や、どこからともなく楽器を抱えた楽団員の方々が、たくさん会場に入ってきた。

そして、楽団員の皆さんは準備を調えると、そのままゆったりとした曲を演奏し始める。

すると、そんな音楽に合わせて、周囲では社交ダンスのようなものが始まったのだ。

ほ、本当にダンスをするなんて……！

いや、ここにいる全員が踊る必要なんてないだろうし、大丈夫なはず……。

目の前の光景に驚きつつも、何とか自分にそう言い聞かせていた……その時だった。

「おや？　君は踊らないのかな？」

壇上での挨拶を終えたジョシュア様が、こちらにやって来たのだ。

そして、目の前で踊っている方々に圧倒されている俺に対して、小馬鹿にしたように言葉を続ける。

「踊れないようじゃ、仕方がない。ここで見ていたまえ」

そして、そのますすっとカオリに手を差し出す。

「カオリ？　俺と一緒に踊ろう」

「……ぜひ」

佳織は一瞬嫌そうな表情を浮かべたものの、それをすぐに引っ込めて、ジョシュア様の手を取った。

さすがに王太子殿下に誘われてしまうとなると、佳織も断ることができない。

こうしてジョシュア様と佳織のダンスが始まった。

さすが王太子殿下というべきか、こういったダンスはしっかり学んでいたらしく、素人の俺から見てもそれが分かった。

それに対して佳織も、こういう場に慣れているようで、ジョシュア様のダンスにしっかりと対応している。

そんな二人を見て、周囲の人たちは目をうっとりさせていた。

「さすがジョシュア様……」

「あのカオリさんという令嬢も綺麗だな」

「確か、ジョシュア様が妃に迎え入れようとしてるんじゃなかったか？」

「何？　相手は外国人だろ？」

「でも、すごいお似合いじゃない？」

誰が見てもお似合いの二人は、そのまま踊り続けると、曲の区切りでダンスを終えた。

その瞬間、皆が拍手する。

ジョシュア様はそんな拍手に応えつつ、こちらにやって来た。

「どうだ？　これが、お前と俺が住む世界の違いだ。分かったら大人しく――」

「優夜さん！」

すると、佳織が突然、ジョシュア様の言葉を遮り、俺に駆け寄ってきた。

そして――。


「一緒に踊りませんか？」

優しく微笑み、そう口にした。

ただ、俺はこうした踊りを踊ったことがないのだ。

だからこそ、ジョシュア様からも馬鹿にされていたわけだが……。

そんな俺の内心をよそに、佳織は言葉を続ける。

「優夜さんなら大丈夫です！　それに、私も一緒ですから」

「！」

その言葉を聞いて、俺は勇気が湧いてきた。

……そう、だな。せっかく佳織が誘ってくれたんだ。

それなら……！

「うん、踊ろう」

俺は、佳織の手を取ると、そのまま一緒に踊り始めた。

踊りの経験があるわけではない。

だけど、精一杯、この時間を楽しもう。

「なっ⁉」

背後でジョシュア様が驚くような声が聞こえたが、踊り始めた瞬間、周囲の音は気にならなくなった。

見よう見まねで、佳織と一緒に、曲に身を任せながら踊っていく。

「さすが優夜さん！　その調子です！」

「あ、ありがとう……」

褒めてくれる佳織に、つい照れてしまう。

それにしても……佳織って運動は得意じゃないはずなのに、ダンスは大丈夫なんだな。

少し慣れて、徐々に余裕もでき始め、俺はそんなことを考えた。

「わぁ……」

「素敵……」

「理想のカップルね……」

こうして二人で踊りを楽しんでいると、ついに曲の終わりが訪れる。

踊りを止め、一息つくと、俺は佳織に笑いかけた。

「佳織、ありがとう」

「こちらこそ」

『うわあああ！』

「⁉」

次の瞬間、すごい拍手と喝采が、会場に響き渡った。

突然のことで、俺と佳織は目を丸くし、周囲を見渡す。

すると、俺たちのダンスを見ていた皆さんが、俺たちに向けて拍手を送ってくれているのが分かった。

どこか照れくささを感じつつ、俺は佳織と顔を見合わせ、再び笑う。

しかし……。

「何なんだ、貴様は！」

ジョシュア様が、こちらに敵意を向けながら近づいてきたのだ。

「何故そこまで踊れる!? 踊れないと嘘を吐き……この俺をコケにしているのか！」

「そう言うわけでは……」

何とかそう答えるが、ジョシュア様の怒りは収まらない。

「やはり貴様は詐欺師だ！　お前のような男、カオリには――」

「おやめください！」

「っ！」

佳織が、そう言い放った。

言葉を遮られたジョシュア様は驚き、言葉に詰まる。

すると、佳織は続けた。

「ジョシュア様は何故、そこまで優夜さんに強く当たるのですか！」

「そ、それは、君がその男に騙されて……」

「騙されてなんかいません！　それに、私はジョシュア様とは結婚できないと、ハッキリとお断りしたはずです！」

「う……」

佳織に捲し立てられたジョシュア様が何か言葉を続けようとするが、その口からは何も出てこない。

そして悔しそうに歯噛みをすると、そのまま背を向けて去っていった。

「すみません、優夜さん……」

「いや、俺のために怒ってくれて、ありがとう」

本当なら自分で怒るべきことなんだろうが……それでも、佳織が怒ってくれたことが、嬉しかった。

とはいえ、ジョシュア様とのやり取りのせいで、会場内に微妙な雰囲気が流れる。

「クソッ……こんなはずじゃ……」

ジョシュア様がそのまま不機嫌そうに会場を後にしようとした……その時だった。

「ん？」

俺は会場の外から、微かにヘリコプターのような音を察知した。

ヘリコプターなんてそう珍しい物でもないため、本来なら気にもかけないだろう。

だが、そのヘリコプターの音は徐々に近づいており、気づけば会場の上にまで来ていたのだ。

そして――――。

ガッシャァァァァァンッ！

「っ⁉」

窓ガラスが激しく割れる音が、会場に響き渡った。

「きゃああああああっ！」

「な、何だなんだ⁉」

突然のことに、会場中がパニックになる。

すると、割れた窓から、ロープが垂れてきて、そこから黒づくめの武装した男たちが一気に急降下してきたのだ！

「なっ……お前たちは⁉」

そんな男たちを見て、ジョシュア様が驚く中、何と男たちは一気にジョシュア様を制圧し、そのまま人質に取ってしまったのだ。

「ゆ、優夜さん……」

「大丈夫、佳織は俺が護(まも)るから」

佳織を背に庇(かば)いつつ、俺は状況を確認する。

コイツらは一体、何者なんだ⁉

一人一人が銃を携帯しており、その銃口は会場にいる皆へと向けられている。

何人かはその場から逃げようと入り口に走っていったが、何と入り口にも男たちが回り込んでおり、完全に閉じ込められてしまった。

何より、ジョシュア様を人質に取られたのも不味い。

すると、武装集団のリーダーらしき男が、声を張り上げた。

「動くな！　我々は反王政を掲げる【革命軍】だ！　これより貴様らは、我々の人質になってもらう！」

反王政？　つまり、ジョシュア様のような王族……いや、国家と敵対している組織ってことか？

そんなことを考えていると、リーダーの言葉にパーティーに参加していた一人が噛みついた。

「ふざけるな！　今すぐ俺たちを解放しろ！」

「黙れッ！」

しかし、そんな言葉を制圧するように、男は威嚇のため銃を上方に撃つ。

その瞬間、騒いでいた参加者たちは、震えながら黙り込んだ。

「立場を弁(わきま)えろ。お前たちはただ、我々の言うことに従え」

そして、男たちの指示により、俺たちは一か所に集められると、そのまま両手を頭の後ろに回させられた。

……この状況を切り抜けるにしても、相手の人数が多すぎる。

俺一人や、佳織を救うだけなら問題ないだろう。

だが、他の人たち全員を救うとなると、話は変わってくる。

これだけ敵の人数がいて、かつ銃を持っているのだ。皆の安全を確保できるかどうか……。

さらに、ジョシュア様は俺たちとは別で人質にされてしまったため、さらに救出の難度が上がる。

とはいえ、このままでいるつもりはない。

何とかして、隙を見つけ出さないと……。

そんなことを考えていると、俺たちに銃口を向けている男の一人が、口を開く。

「リーダー、ここからはどうするんです？　最優先目的の第一王子は捕まえましたが……」

「コイツらの親から、身代金(みのしろきん)をむしり取る」

「大人しく金を渡しますかね？」

「渡さなければ、コイツらを殺せばいい。数は多いからな」

「だそうだ。お前ら、生き残りたけりゃ、親に金を払ってもらうように懇願するんだな？」

「……誰がお前らなんかに……」

「そうよ！　どうせすぐに貴方(あなた)たちは捕まるわ！」

参加者は口々にそう言うが、男たちは笑った。

「果たしてそうかな？」

「何？」

「今頃我らの同胞が、国王たちに鉄槌(てっつい)を下している頃だろう。つまり、国はそちらの対応で手いっぱいというわけだ。安易な希望は捨てることだな」

「そんな……」

「だ、だとしても、お前らのようなテロリストに払う金なんてないぞ！」

そんな中、強気にそう発言する参加者。

すると、その発言が革命軍の癪(しゃく)に障(さわ)ったようだ。

「こいつ等、まだ自分の立場を理解できてねぇようだな……」

「リーダー、見せしめにやっちまいませんか？」

「そうだな、一人減らそう」

リーダーがそう決断を下した瞬間、部下の男は躊躇なく銃口を俺たちに向けてきた。

しかも、その銃口は、不運にも佳織に向けられていたのだ！

「なっ⁉」

「じゃ、一人目だ」

そして、部下の男が引き金にかけた指に力を入れる。

様子見してる場合じゃない！

俺は即座に動くと、男の手に蹴りを放った。

その一撃で男の手が圧し折れる。

「ぎゃあああああ！」

「な、お前っ！」

「――――【天鞭】！」

俺は【アイテムボックス】から【天鞭】を取り出すと、勢いよく振るう。

本当はこんな場所で異世界の武器など使いたくなかったが、事態が事態なのと、本気の力を出せば、俺の動きは常人の目ではちゃんとは捕捉できないと考えたのだ。

次の瞬間、【天鞭】は無数に枝分かれし、男たちの持つ銃に巻き付いていく。

「フッ！」

「銃が⁉」

そして【天鞭】を俺の方に一気に手繰り寄せると、銃はそのまますべて圧し折られた。

突然の事態に驚く男たち。

だが、俺はその隙を逃しはしない……！

「ハアアッ！」

俺は一瞬にして男たちとの距離を潰すと、そのまま蹴りや手刀を放ち、男たちの意識を刈り取っていく。

こうして、俺たちに銃を突き付けていた連中は、すべて制圧できたのだった。

そんな光景を見て、パーティーの参加者たちは唖然（あぜん）とする。

「い、一体何が……」

「すごい……本当にヒーローじゃない……」

さすがに俺が男たちを制圧したことは会場の皆にもバレてしまったようだが、後悔はしていない。

……何か聞かれても、武術をやってるで乗り切ろう。

それはともかく、俺たちは解放されたとはいえ、ジョシュア様はまだだ。

ジョシュア様は会場から出ようとしたところを狙われたため、俺たちとは離れた場所でそのまま一人人質になってしまったのだ。

「ひぃ！　俺も、た、助けてくれぇ！」

人質に取られたジョシュア様が、俺がいる方にそう叫ぶ。

突然の事態でどうやら錯乱しているようだ。

「な、何だ、何が起きたんだ⁉」

ジョシュア様を人質に取っていた男も、仲間たちが一気に制圧されるという突然の事態に目を丸くしていた。

男が混乱している隙を突き、俺は最後の男との距離を詰めると、男の手からジョシュア様を奪い返しつつ、腹に蹴りを放った。

「ぐああああああっ！」

「ジョシュア様、大丈夫ですか？」

「え、あ、ああ……」

いきなりのことで唖然とするジョシュア様。

しかし――――。

「ハッ⁉　いや、待て、おかしいだろう⁉　貴様は何者なんだ⁉　一体、何をしたんだ⁉」

「いや、あの……ぶ、武術を少々……」

「武術⁉　……って、それで納得するわけないだろう！　いいから答えろ！」

あの監督さんは納得してくれたものの、ジョシュア様はそうはいかなかった。

そんなジョシュア様からの追及を何とか躱(かわ)していると、ようやく警察やら特殊部隊の方々やらが到着した。

「動くな！」

「お前たちの仲間はすでに捕まり……あれ？」

「な、何だこの状況は……？」

すると、特殊部隊の人たちは、目の前の光景に困惑し始める。

どうやら、国王様の方に向かったという革命軍の対処は無事に済んだらしいが……。

「一体、ここで何があったんだ……？」

「ひとまず、男たちを拘束するぞ！」

困惑しつつも、急いで男たちを捕まえていく特殊部隊の方々。

その様子を俺が眺めていると、佳織(かおり)が駆け寄ってくる。

「優夜さん！」

「佳織！　大丈夫だった？」

そう声をかけると、佳織は頷く。

「はい！　優夜さんのおかげで、無事です！」

「そっか……ならよかったよ」

そう言いながら俺が笑うと、佳織は頬を赤く染めた。

「その……また、助けられちゃいましたね」

「え？　あ……そうなる、のかな？」

何とも言えない曖昧な返事をすると、佳織は面白そうに笑った。

「ふふ……優夜さんらしいです」

「ははは……まあ、何とかなってよかったよ」

本当に、色々なトラブルに巻き込まれる日だったな……。

俺たちがそんなやり取りをしていた裏で、ジョシュア様が俺たちの様子を見つめていたことに、この時は気づかなかった。

何はともあれ、こうして俺たちはテロリストたちの脅威から無事に抜け出すことに成功するのだった。

＊＊＊

時は少し遡り、優夜とサーラが街を探索していた頃。

「……!? この気配は……！」

サーラが放った『星力』の気配を、神々は察知していた。

「馬鹿な……ヤツは日本にいるはず！」

「しかし、この気配は紛れもなくヤツのもの……」

「もしや、すでに長距離移動ができるほどまで《星力》が回復したとでも言うのか……！」

「あり得ん！　先日の襲撃時点では、確かにサーラは弱っていたはずだ！　地球の意思なき今、ヤツの力がそう簡単に回復するはずがない！」

元々のサーラの《星力》であれば、大陸間を瞬時に移動することなど、造作もないことだっただろう。

ただ、現在の弱っているサーラでは、話が変わってくる。

神々の予想では、そこまでの力が回復するにはもっと時間がかかるはずだった。

「これ以上、ヤツの力が回復するのは不味い！」

「この勢いでヤツの力が回復したら、人間に身を堕とした我らでは太刀打ちできなくなるぞ……」

「神獣の封印はどうなっている？」

生き残るために、神の肉体から人間の肉体へと身を堕とした神々は、かつてのような力を振るうことができなかった。

故に、完全復活を果たしたサーラを相手にする力は残っていなかったのだ。

だが、そんな神々にも、一つ切り札が残っていた。

それこそが、かつてムーアトラの民によって封印された、神獣である。

その神獣は、かつての神々が力を結集させて生み出した、まさに究極の存在だった。

ムーアトラ大陸の半分ほどを占めた巨体は、ただ移動するだけで災害を引き起こし、神獣の通った跡には、何の生物も残らなかった。

そんな怪物が世に放たれれば、一瞬にしてこの地球の地形が変化するだろう。

たとえ現代兵器のすべてを用いても、神獣の皮膚には傷一つ付けることは敵わないのだ。

神獣を倒すには、『星力』を使うしか方法はなかった。

故に、サーラに対抗できる切り札として、神々は水面下で神獣を復活させようと動いていたのだ。

しかし……。

「せいぜい五割ほどの封印が解けたと言ったところだ」

「むぅ……五割か……」

力の衰えた神々では、神獣の封印を解くのに予想以上の時間がかかっていた。

「……だが、これ以上待つことはできん。完全ではないが、神獣を解き放つぞ」

「だがそうなると、神獣の力も大きく落ちることに……」

「それは仕方がない。これ以上、ヤツをのさばらせる方が危険だ。それに、完全に復活できないのなら、半分の力でも強力になるように神獣の姿を変えればいい」

「なるほど、それもそうだな」

一人の神の提案に、他の神たちも頷く。

こうして、神々はすぐさま神獣が封印されている太平洋のど真ん中まで瞬間移動すると、それぞれ力を注ぎ始めた。

その次の瞬間、凄まじい地響きが起こる。

「さあ、神獣よ！　復活するのだ！」

声高々に、力を注いでいく神々。

すると、海が大きく隆起し始め、そこから何かが現れようとしていた。

とはいえ、今すぐというわけではなさそうで、神獣の復活にはある程度の時間がかかりそうだった。

だが、このままではいずれ、とんでもない怪物が太平洋に出現することは明らかだった。

すると、神の一人が、空を見上げ、上方を睨みつける。

「不遜な人間どもめ……誰の許しを得て、神の御業を覗き見ている！」

そう言い放った瞬間、空の向こう……宇宙にまで、神の力が広がった。

そんな神の力は宇宙に到達すると、地球の周りを周回する人工衛星をすべて破壊してしまう。

その結果、突如観測された巨大な津波と、多くの人工衛星が破壊されるというとんでもない事態に、世界各国にこれ以上ない衝撃が走った。

こうして、優夜の知らぬところで、ついに神々が動き出したのだった。

＊＊＊

優夜が留学に出発した日の日本にて……。

「ここら辺のはずだけど……」

近未来的な衣装を身に纏った一人の青年が、目的の人物を求めて彷徨っていた。

「……もう一度、確認するか」

そして、再び目を閉じ、背負った剣に触れる。

すると、先ほどより、剣が発する共鳴音が強くなったのを感じ取った。

「……間違いない、この街だ。だが、一体どこに──」

「──おや？　優夜君！」

「え？」

突如、青年が捜していたまさにその人物の名前を呼ばれ、驚いた青年は、声の方に視線を向ける。

　すると、そこには金髪の青年……一ノ瀬（いちのせ）晶（あきら）が立っていた。

　放課後、真っすぐバイト先に向かっていた晶は、青年の顔を見ると、驚いた表情を見せる。

「あれ？　優夜君じゃない……!?」

「貴方（あなた）は……」

「あ、ごめんよ！　僕の知り合いにすごく似てたからさ！　もしかして、優夜君の親戚だったりする？」

　すると、やはり晶の口から、青年の捜している人物……優夜という名前が飛び出した。

　それを聞いた青年は、すぐに晶に詰め寄る。

「す、すみません！　その優夜さんという方をちょうど捜しているんですが、どこにいるか分かりますか!?　もしくは、家の場所とか……！」

「え、え？　そうだなぁ……僕は優夜君の家に行ったことがないから何とも……いや、待てよ？　そういえば、彼は今日、留学に出発するんじゃなかったかな？」

「りゅ、留学!?」

　思いもよらない言葉に、青年は狼狽（うろた）えた。

というのも、青年には何としてでも優夜と接触し、自分たちの時代に連れていくという使命があったからだ。

しかし、現在の青年は、優夜を未来に連れていくためのエネルギーしか有しておらず、万が一、優夜が海外にいる場合、そこに転移するだけのエネルギーは残っていなかった。

正攻法で飛行機を使おうにも、そもそもパスポートを持っていないため、どうすることもできない。

愕然とする青年だったが、何とか言葉を絞り出す。

「その……どこの国に行くのかは……分かりますか？」

「どこだったかなぁ……ごめん、思い出せない。もし気になるなら、王星学園っていう学校に行ってみるといいかも。担任の沢田先生に訊けば、色々と分かると思うよ」

「……なるほど」

晶がそう口にすると、青年は頷いた。

「それにしても、まさか優夜君と似た人物に会えるなんて！　【学園の貴公子】である僕のライバルが、また一人増え――――」

「ありがとうございました、失礼します！」

「え、ちょっとぉ⁉」

いつもの調子で晶が言葉を続けようとするも、急いでいた青年はそれを無視して去っていった。

＊＊＊

青年は晶に教えられた通り、優夜の通う王星学園へ向かうことにした。

ちょうど学園近くの公園に差し掛かったところで、再び青年の背負った剣が共鳴した。

「これは……」


「あれ？　優夜か？」


「！」

再び自身の捜し人の名前で呼ばれ、青年は驚く。

慌てて声の方に視線を向けると、そこには数人の男女のグループ……亮たちがいた。

「おーい、優夜！」

「あれ？　でも、今日留学に出発するんじゃなかったっけ……？」

「う、うん。それに、何だかいつもと雰囲気も違うような……」

「……前衛的な服」

「あはははは！　確かに！　もしかして、もう海外に行って、買って帰ってきたのかねえ？」

亮たちは青年の姿を見て、それぞれ首を傾げながらも近づいてくる。

すると、亮たちはそこで初めて青年が優夜でないことに気づいた。

「って、あ、違う人だった……」

「だよね！　だって留学に出発するのに、こんなところにいるわけないもん！」

青年が優夜でないことに気づいた亮は、どこか気まずそうな表情を浮かべる。

そんな亮たちの様子に思わず戸惑う青年に対して、凛が声をかけた。

「すまないねぇ。君が知り合いに似ていたもんだからさ」

「だ、大丈夫です。その、そんなに似てるんですかね……？」

晶に続き、ここでも同じような反応をされた青年は、思わずそう口にした。

すると、亮たちは顔を見合わせる。

「いや、なんていうか……雰囲気？」

「うん！　顔もどことなく似てるけど……雰囲気が一番近いかな？」

「は、はぁ……」

「も、もしかして、優夜君の知り合い？」

慎吾がそう問いかけると、青年は答える。

「……知り合い、ではないんですが、その優夜さんという人物を捜してまして……」

「へぇ……でも、今優夜はもう日本にいないかもしれないんだよなあ」

「みたいですね……先ほど留学の話を聞きました。ちなみに皆さんは、優夜さんが今日の何時に出発するか知ってますか？」

そう問われた亮たちは、顔を見合わせる。

「うーん、いつだっけ……？」

「……ん。送別会はしたけど、詳しい時間は聞きそびれた」

「あははは……ごめんね？　私たちも分からないや」

「そうですか……」

彼らも優夜が留学するという話だけは知っていたものの、優夜が今日の何時に日本を離れるのかまでは知らなかった。

ここで手がかりが掴めると思っていた青年は、皆の反応に肩を落とす。

すると突然、青年が凄まじい勢いで道路に視線を向けた。

「ん？　どうした？」

いきなりの青年の行動に、亮が首を傾げる中、青年はいきなり道路の方に走り出す。

「お、おい！」

「そっちは道路だよ⁉」

いきなり道路の方に走り出した青年に皆が慌てるが、ちょうどそこに一台の車が通りかかった。

そして……次の瞬間、公園で遊んでいた子供が、ボールを追いかけて道路に飛び出してしまったのだ。

「あ！」

「危ねぇ！」

亮たちが急いで向かうが、とても間に合いそうにない。

車の運転手も子供に気づくが、ブレーキを踏むには遅く、ぶつかる寸前だった。

しかし――――。

「はあっ！」

青年は一気に加速すると、その子供を抱きかかえて車の衝突を回避して見せたのだ。

運転手はブレーキを踏んで車を停めると、慌てて車から飛び出してくる。

「だ、大丈夫か⁉」

「何とか……」

「あ……あの、その……」

抱きかかえられた子供は、自分が危険だったことに気づき、顔を青くする。

すると、青年はそんな子供に向かって、優しいながらもしっかりとした口調で注意した。

「この辺りは車が多いから、道路に飛び出したら危ないよ」

「ご、ごめんなさい……」

青年の注意を受け、素直に謝る子供。

そんな子供を運転手も許したことで、事なきを得た。

すると、青年の行動を見ていた亮たちが、呆然と呟く。

「おいおい、今の……」

「う、うん。優夜君みたいだったね……」

優れた身体能力を発揮して人を助ける姿は、まさに亮たちが知る優夜にそっくりだった。

子供を解放した青年は、再び亮たちの方に向き直る。

「すみません、いきなり……」

「い、いや、別にいいけどよ……」

「アンタ、よく子供が飛び出すって分かったねぇ？」

「……超能力？」

オカルト研究部員である雪音は、まるで予知能力のように危険を察知してみせた青年に対して、目を輝かせてそう訊いた。

雪音の問いかけに、青年は一瞬驚いた様子で目を見開き、すぐに曖昧な笑みを浮かべる。

「さ、さあ？　どうでしょう……その、ここら辺で失礼します！」

「え、あ、ちょっと⁉」

そして、勢いよく亮たちから離れていくのだった。

＊＊＊

亮たちと別れ、再び学園へと向かっていた青年は、一息つく。

「ふぅ……まさか、俺の能力がバレたのかと……」

「──優夜さん？」

「！」

一息ついたところで、またしても捜し人の名で呼ばれた青年は驚く。

すぐさま声の方に視線を向けると、そこには青髪の不思議な少女……メルルが立っていた。

メルルは青年を見て一瞬目を見開く。

「あ……すみません、人違いでした。私の知り合いに似ていたものですから」

「貴女(あなた)は……」

そんな中、青年はメルルを見て、同じように驚いていた。

というのも、メルルの身体(からだ)からは燐光(りんこう)が飛んでおり、とても地球人には見えなかったからだ。

未来人である青年からすれば、宇宙人はさほど珍しい存在ではない。

しかし、まだ他の星との交流もなかったはずのこの時代に、宇宙人がいることはとても信じられなかった。

そこでふと、青年はあることを思い出す。

「あ……そ、そういえば、高祖父様のお妃(きさき)の一人に、宇宙人がいたって……」

「あの、どうかしましたか？」

「あ、すみません！　何でもないです。実は、その優夜さんという人物を捜しているんですが……」

「優夜さんを？　でも彼は確か、留学に……」

「おー？　どうしたー？」

「先生！」

するとと、そんな二人の元に、一人の白衣を着た女性がやって来た。

女性はメルルを見た後、青年に目を向けて目を見開く。

「んん？　なんだ、天上。留学はどうしたー？　それに、その格好はなんだー？」

「いえ、先生。こちらの方は優夜さんではありません」

「何？　……いや、そうだな。えらい雰囲気が似てるからあ驚いたぞー」

「そうですね、私も間違えましたから」

「それにしても、まさか優夜のような人間が他にもいるとはなぁ。顔立ちも似てるし、兄弟か？　いや、でも、アイツの兄弟は別にいたはずだよなー？」

「あ、あの……」

青年の存在に首を傾げる沢田先生に対して、青年は戸惑った様子を見せる。

それを見て、メルルが助け舟を出した。

「沢田先生。彼はどうやら優夜さんを捜しているそうでして……」

「アイツをかー？」

「は、はい！　その、ちょうど今日、留学に出発すると聞きまして……」

「そうだな、アイツの留学は今日からだったはずだ。ただ、いつの便に乗るかまでは把握できてないけどなー」

「そ、それじゃあ、まだ出発してない可能性もありますか⁉」

「そりゃあるんじゃないかー？」

沢田先生の言葉に、少しの希望を見出した青年。

そこですぐ、青年は優夜の家の住所を訊ねた。

「すみません！　優夜さんの家の場所を教えてもらえますか⁉」

「ん？　それは構わないが……いや、教師が生徒の住所を誰かに教えるのは不味いのかー？　よし、メルル。コイツを案内してやれー」

「わ、私がですか？　まあ大丈夫ですが……」

メルルが驚きつつもその頼みを引き受けると、沢田先生は満足げに頷く。

「よし、それじゃあ頼んだぞー」

そして、そのまま二人を残して、去っていった。

あまりにも自由奔放な沢田先生に驚きつつも、メルルは口を開く。

「え、えっと……それでは、優夜さんの家に向かいましょうか？」

「はい、お願いします！」

こうして青年は、メルルの案内で優夜の家に向かうのだった。

＊＊＊

そして、優夜がテロリストたちと戦っている頃。

日本の優夜の家では、レクシアがだらっとした格好で転がっていた。

そんなレクシアに対して、ルナは呆れた表情を浮かべる。

「おい、レクシア。一国の王女が、そんな格好をしていていいのか？」

「もう、オーウェンみたいなこと言わないでちょうだいよー」

「……アイツも大変だな」

レクシアの反応を聞き、ルナは異世界にいる騎士隊長・オーウェンを不憫に思った。

「それで？　なんでそんなにだらけてるんだ？」

ルナがそう問いかけると、レクシアは顔を膨らませる。

「――まらない」

「え？」

「だーかーらー！　つまらないのよぉ！」

「……」

不満爆発といった様子でそう叫ぶレクシア。

そんなレクシアに対して、ルナはますます呆れた様子を見せた。

「つまらないってなんだ……」

「そのままの意味よ！　ルナは思わないわけ⁉　だってユウヤ様がいないのよ⁉」

「それは仕方ないだろう？」

「そうだけど……そうだけど！　寂しいのは変わらないのよ！　ねぇ、ナイトたちもそう思うでしょ⁉」

「わふ⁉」

くつろいでいたところ、いきなり話題を振られたナイトは、驚きの声を上げた。

「ナイトたちだって、ユウヤ様がいないと寂しいわよねぇ？」

「わ、わふぅ……」

「おい、レクシア。ナイトを困らせるんじゃない」

「なんでよ！　ただ質問してるだけでしょ⁉」

「その絡み（から）が面倒だと言ってるんだ」

ルナがそう言うも、まったく聞く耳を持たないレクシア。

「ねぇ、何か面白いことないわけ？　それこそ、ユウヤ様がいないこの状況を紛らわせるような！」

「無茶苦茶な……だいたい、この世界のことをあまり知らない私が何か知ってるわけないだろう？」

「えぇー？」

またもむくれるレクシアに対して、同じ部屋でくつろいでいたユティが、口を開いた。

「報告」

「ん？　ユティ、どうかしたの？」

「伝聞。もうじき、クリスマスというイベントがあるらしい」

「クリスマス？」

聞き馴染み（なじ）のない言葉にレクシアが首を傾げる（かし）と、ユティは頷く。

すると、家事をしていた冥子（メイコ）が、口を開いた。

「ああ、もうそんな季節なんですね」

「冥子も知ってるの？」

「はい！　ただ、知識として知っているだけですが……」

「ふむ……そのクリスマスとは何なのだ？」

ルナも興味を持ち、そう訊くと、ユティが答える。

「伝聞。赤い服を着た老人が、プレゼントを配って回るらしい」

「なんだそれは……」

あまりにも簡潔すぎる説明に、ルナは困惑した。

「プレゼントって？　誰でももらえるの？」

「否定。いい子だけ」

「いい子だけプレゼントがもらえるってことね！　それなら私は大丈夫じゃない！」

「……何を根拠にそう思ってるんだ？」

「何よ！　なんか文句ある⁉」

ルナの言葉にレクシアが反応したことで、いつものようにじゃれ合いが始まりそうになるが、冥子がユティの言葉に補足を付け加えた。

「あはは……その、ユティさんの説明でも間違いではないんですが、元はとある人物の誕生日をお祝いする行事らしいですよ」

「なるほど、生誕祭というわけか」

ルナたちの異世界にも、各国に存在した英雄たちの誕生日を祝う行事は存在するため、冥子の説明はすんなり受け止められた。

「はい。ですが、そこからいつの間にかプレゼントを贈る習慣が生まれ、今は親しい人同士でプレゼントを交換することもあるみたいです」

「何それ、素敵じゃない！」

冥子の話を聞き、目を輝かせるレクシア。

その様子を見たルナは、すでにレクシアが何を言うのか察していた。

「それじゃあ、私たちもクリスマスのためのプレゼントを準備しましょう！」

「……それはいいが、金はあるのか？」

「そこはほら、ユウヤ様におねだりよ！」

「プレゼントとは……」

レクシアの言葉にため息を吐くルナ。

こうして、優夜のいないところで、いつの間にかクリスマスに向けた話が進んでいくのだった。

第四章　映画撮影

——テロリストの襲撃から数日後。

本当は歓迎パーティーの翌日からすぐに留学がスタートするところだったのだが、王族を狙ったテロ事件の直後ということもあり、通うはずの学園が臨時休校になっていた。

何より、あの現場にいた人間として、俺も散々事情聴取をされたのだ。

というのも……俺が一人で大勢のテロリストたちを制圧したことが原因だったりする。

なんせ、ただの一人の学生が、銃を持ったテロリストたちを相手に戦い、その場にいたたくさんの人質を救ったのだ。普通に考えれば信じられないだろう。

しかし、パーティーの参加者たちがそう証言し、あのジョシュア様も俺に助け出されたと口にしたことで、かなり問題となってしまった。

幸いなことに、俺が【天鞭(てんべん)】を振るって銃を破壊した場面は、俺が全力で身体(からだ)を強化していたため、一般人である皆の目には捕捉されていなかった。

とはいえ、一瞬ですべての銃が壊れるなんてことはあるはずもなく、やはり俺が何かしたのではないかと疑われることに。

ただ、証拠として残っているのは、俺が素手でテロリストたちを制圧したことだけだった。

……まあそれも本来あり得ない話なんだが。

こうして中々に大変な状況になってしまったわけだが、あの場面で力を使ったことは後悔していなかった。

結果として、佳織や他の人たちは全員無事だったのだ。

後はただ、各方面からの色々な追及をどうやり過ごすかが問題だが……。

こうして、俺は休みでありながらも、非常に慌ただしい日々を送っていた。

そのせいで、サーラさんに付き添って、街を探索する暇もなかったほどだ。

――そんな中、俺は何故か、再びスーツに身を包んでいた。

「い、一体何故……？」

「あはは……仕方がないですよ。優夜さんは、皆さんを助けたんですから」

呆然とする俺に対して、佳織が苦笑い気味にそう口にした。

そう、現在俺は、どういうわけか、ジョシュア様たちが住まう宮殿に呼び出されていたのだ。

どうやら今回の件で、王族から感謝を伝えられるらしい。

「ここまでしなくても……俺はただ、皆が無事だったならそれでいいのに……」

「そういうわけにはいきませんよ。国としての体裁もありますから」

佳織の言う通りなのは分かっているが、小市民の俺には荷が重い！

異世界でも似たような経験はしているが、それでも慣れるはずがなかった。

むしろ、異世界でもないこの地球で、国王と謁見するなんて状況が信じられない。

とはいえ、決まってしまったものは仕方がないため、何とか粗相をしないよう、気を付けるしか方法はなかった。

こうしてしばらく宮殿の入り口で待っていると、ついに国王様との謁見の時間になる。

呼ばれるままに謁見の間に足を踏み入れ、国王様たちの前まで向かうと、ひとまず俺は異世界と同じように、その場に跪こうとした。

だが……。

「そう畏まらずともよい」

「え！　で、ですが……」

「君は息子の命の恩人なのだろう？　それに、今回は君に感謝の気持ちを示したくて呼んだんだ。楽にしてくれ」

「か、かしこまりました」

そうは言われても、本当に気を抜くわけにはいかない。

俺は緊張しつつも、改めて目の前にいる国王様に目を向けた。

国王陛下は、ジョシュア様に似ていて、威厳に満ちていた。

その雰囲気は、どこか司さんにも似ているかもしれない。

そんな国王様の隣には、ジョシュア様が控えていたが、不思議なことにその視線には、以前のような俺への敵意は感じられなかった。

二人の様子を観察していると、国王様が口を開く。

「改めて、君のおかげでジョシュアは無事だった。本当にありがとう」

「い、いえ！　当然のことをしたまでです！」

頭を下げてくる国王様に対して、俺は慌ててそう伝えた。

すると国王様は、当時のことを聞いてくる。

「聞いた話によると、君は一人でテロリストを制圧したようだが……何か、特別な力でも持っているのかな？」

「ぶ、武術を少々……」

「武術？」

どう考えても苦しい俺の言い訳に、国王様は目を見開くと、大声を上げて笑った。

「あははははは！　そうかそうか、武術か！　確かに日本には様々な武術があるらしいな！　もし本当に君のようになれるのなら、我が国の兵たちにもその武術を学ばせないとな！」

俺が何も答えないと悟ったのか、国王様がそれ以上俺を追及してくることはなかった。

すると、今まで黙っていたジョシュア様が、一歩前に出る。

「そ、その……ユウヤ、だったか」

「は、はい」

今まで散々敵意を向けられてきたため、今度は何を言われるのかと身構えていると、ジョシュア様はしばらく口ごもった後、勢いよく頭を下げた。

「すまなかった！」

「え？」

「俺の未熟さのせいで、君には散々迷惑をかけた！　それなのに、あの状況で俺を救ってくれて……本当に感謝している。ありがとう……！」

なんとジョシュア様は、俺にお礼をしてきたのだ。

「あ、頭を上げてください！　俺は当然のことをしただけですから！」

俺がそう答えると、ジョシュア様は一瞬驚いた表情を見せた後、すぐに苦笑いを浮かべた。

「なるほど……これが、カオリが認めた男か。とても敵わないな……」

「え？」

「……いや、こちらの話だ。気にしないでくれ」

「は、はぁ……」

まあジョシュア様がそう言うのなら……。

「それと、カオリにも申し訳ないことをした。本当にすまなかった」

「い、いえ。大丈夫ですよ」

俺の隣にいる佳織に頭を下げるジョシュア様。

そんなジョシュア様に、佳織は慌ててそう答えた。

すると、俺たちのやり取りを見ていた国王様が、再び口を開く。

「二人の問題は解決したようだな」

「はい。自分の未熟さを痛感いたしました」

ジョシュア様の言葉を受けて、国王様は頷く。

「うむ。お前は昔から挫折を知らなかったからな。これもいい機会だ。そういう意味でも、君には感謝しかないな」

「い、いえ……私も、留学までさせていただいていますから……」

「そうだ、留学の話だ。君たちは息子の我儘のせいでこの地に来ることになったわけだが……この後はどうする？」

「え、ど、どうするとは？」

予想もしていなかった言葉に驚く俺。

「テロリストの襲撃事件によって、今も学園が臨時休校になってしまっているだろう？もし当初の予定通り一ヶ月間の留学がしたいのなら、遠慮なく言ってくれ。何なら、ひと月以上でも構わないよ」

つまり、今回の件で短くなった留学期間を補填してくれるというわけだ。

ただ、これに関しては俺の一存で決められるものではない。

「ありがとうございます！　一度、佳織と相談してみます」

「ああ、そうしてくれ。それと、改めて本当にありがとう。一国の王と、一人の父親として、礼を言うよ」

そう言うと、再び国王様とジョシュア様は頭を下げた。

――こうして、テロリスト襲撃の件は何とか一段落したのだった。

＊＊＊

少し時を遡り、日本では……。

「こちらが、優夜さんの家です」

「ここが……」

未来世界から到来した青年が、メルルの案内を受けて、優夜の家にやって来ていた。

感慨深そうにその家を眺める青年だったが、やがて意を決したように家のインターホンを鳴らす。

すると……。

「来訪。誰？」

中から、ユティが姿を現した。

ユティは青年に目を向けると、目を見開く。

「疑問。ユウヤ……じゃない。でも、似てる。一体……」

「ユティさん、こんにちは。優夜さんはまだいらっしゃいますか？」

困惑するユティに対して、メルルがそう声をかける。

すると、ユティは正気に返った。

「出発。ユウヤ、先ほどリュウガクとやらに向かった。もういない」

「そ、そんな……」

青年は優夜がすでに出発したと知り、肩を落とした。

そんな青年を見て、ユティはますます首を傾げる。

「質問。この人、誰？　ユウヤの……親戚？」

「さあ……実は私もよく知らず……」

メルルも青年の正体が分かっていないため、同じように首を傾げていた。

すると、家の中からドタドタと慌ただしい音が聞こえてくる。

「ユティー！　何があったの？」

「訪問。ユウヤにお客さんが来た」

「え、お客さん？」

そして、家の中から、レクシアとルナが顔を出した。

「困ったな……今、ユウヤはいないんだ……」

そんな二人は、ユティの話を聞きながらも、来客である青年に目を向け、目を見開く。

「ええ⁉　ユウヤ様⁉」

「雰囲気や顔に面影はあるが、髪形が全然違うだろ」

「あ、本当ね！　でも、似てるからびっくりしちゃった！」

これまでに何度も聞いてきたやり取りを続ける二人を前に、青年は驚いていた。

「す、すごい……文献でしか見たことがなかった、高祖父様のお妃方が……」

呆然と呟く青年だったが、すぐに正気に返ると、そのまま勢いよく頭を下げる。

「その、突然すみませんでした。失礼します！」

「え！　あ、ちょっと⁉」

そして、そのまま慌ただしくその場を去っていった。

あまりにも突然な出来事に、レクシアたちが固まっていると、ルナがメルルに声をかける。

「一体何だったんだ……？」

「さ、さあ……私にもよく分かりません。ただ、彼が優夜さんを捜しているようだったので、ここまでお連れしたのですが……」

「残念ながら、アイツはもう留学に出発してしまったからな」

「そうですね。ただ、何だか困っているようだったので……大丈夫だといいのですが

「……」

メルルの心配をよそに、すでに青年は姿を消しているのだった。

＊＊＊

「優夜君、テニスに興味はない？」

テロリストの件が一段落を迎えてから数日後。

事件そのものは無事に処理されたものの、留学先の学園がまだドタバタしており、俺たちはまだ通うことができないでいた。

そんな時間を持て余している中、佳弥さんが唐突に俺にそう訊いてきた。

「テニス、ですか？」

「ええ。最近、趣味でテニスをよくしているの。せっかく自由にできる時間があるわけだし、どうかなと思って」

「そ、そういうことであれば、ぜひ……」

俺がそう答えると、佳弥さんは笑みを浮かべた。

「本当？　それじゃあ、佳織と佳澄も誘って、皆でテニスしましょう！」

……こうして、佳弥さんの一言により、テニスをすることが決まった。

＊＊＊

さすがは超豪華マンションというべきか、佳弥さんたちが暮らすマンションの敷地内に は立派なテニスコートがあり、俺たちはそこでゲームをすることに。

すると、それぞれ動きやすい服装に着替えた、佳織たちがやって来た。

「優夜兄ちゃんとテニスするの、楽しみ！」

「私は先日の球技大会以来ですが……今度こそ、役に立って見せますよ！」

佳澄が楽しそうに笑っているのに対して、佳織はとても真剣な表情を浮かべていた。

そ、そういえば、佳織はあんまり運動が得意じゃないんだったな……すっかり忘れていた。

つい、俺がそんなことを考えていると、そんな思考が表情に出ていたのか、佳織が少しむっとする。

「本当ですよ？　実はあれから少しずつ練習していたんですから！」

「そ、そっか」

佳織がそう言うってことは、あの時のような惨状にはならないかもしれない。

「さて、せっかく四人だから、チームを組みましょう」

佳弥さんに言われた通り、俺たちはチーム分けを行う。

その結果……。

「あら、優夜君。よろしくね？」

「は、はい。よろしくお願いします」

俺は佳弥さんとペアを組むことになった。

「姉ちゃん、頑張ろうね！」

「はい！」

佳澄と佳織は気合い十分といった様子で、互いに頷き合っている。

こうしてペアが分かれたところで、さっそくゲームがスタートした。

最初は佳弥さんのサーブから始まる。

……よくよく考えてみると、佳織がスポーツが苦手ってことは……もしかして、佳弥さんもそうなのだろうか？

そんな考えが頭に浮かび、つい背後からの球に気を付けていると……。

「はっ！」

佳弥さんは綺麗なサーブを放ち、そのまま佳澄たちのコートに球を叩き込んだ！

すると、すぐさま佳澄が反応し、球を返してくる。

「やあっ！」

その一球はかなり強く、正確だった。

そして、佳澄はレシーブしたと同時に、そのまま前に出てきた。

どうやら佳澄が前衛を、佳織は後衛を務めるようだ。

そんな佳澄の球を、俺も返しながら前に出た。

その瞬間……。

「やあっ！」

「うわあ⁉」

突如、佳澄がすごい声を上げて、その場から飛びのいた。

というのも、俺が返した球を、佳織が打ち返したのだ。

しかしその球は俺たちのコートを完全に無視し、凄(すさ)まじい勢いで佳澄のすぐ隣を通り抜け、俺の背後のネットを揺らすことに。

「あ、あれ？　おかしいですね……」

佳織はこんなはずじゃと言わんばかりに、首を傾げていた。

すると、佳澄が佳織の方に視線を向ける。

「ね、姉ちゃん？」

「ごめんなさい！　次は大丈夫なはずですから！」

冷や汗を流す佳澄に対して、佳織はそう言った。

ま、まあまだ始まったばっかりだしね。

ここから佳織が続けてきたという練習の成果が見れるのだろう。

そう思っていると、再び佳弥さんのサーブが放たれる。

すると今度は佳織がレシーブをすることに。

だが……。

「えい！」

「うおあ⁉」

佳織が放った球は、コートに入る気配すらまったくなく、凄まじい勢いで俺の頬スレスレに飛んできた。

思わず球が飛んで行った球の方を確認すると、コートを囲うフェンスに、とんでもない速度で回転しながら球がめり込んでいる。

い、今のが顔に当たってたら……。

今度は俺が冷や汗を流していると、佳織はやはり首を傾げていた。

「おかしいですね……今度こそ、成功したと思ったのに……」

も、もしかして、人に当たるかどうかの成功だったりしませんよね……？

ついそんなことを考えていると、佳澄が何とも言えない表情で佳織に問いかけた。

「えっと……姉ちゃん？　もしかして、運動音痴……？」

「ええ？　そ、そうなんですかね？　元々運動は得意じゃないですけど……」

言われてみれば、佳澄は小さい頃から佳織と離れてこちらの学校に通っているため、佳織が運動が苦手ということを知らなかったみたいだ。

そして、それは佳弥さんも同じようで……。

「あらあら……困ったわねぇ？　まさか、佳織がこんなに運動音痴だったなんて……」

「お母様⁉」

あまりにもハッキリと言われてしまった佳織は、ショックを受けたようだった。

「うぅ……練習したのに……」

「そ、その、人には向き不向きがあるから……」

俺がそう声をかけると、佳織は顔を上げる。

「そ、そうですよね？　それに、練習すれば、上手になりますよね⁉」

「あー……た、多分？」

どうしよう、上手くなるって言いきれない……！

しかし、そんな煮え切らない俺の態度にも、佳織はよかったと言わんばかりに顔を輝かせた。

「ですよね！　それじゃあ、試合を再開しましょう！」

「え⁉　も、もしかして、このゲーム中、ずっと姉ちゃんとペアなの⁉」

「佳澄、頑張りなさい」

「そ、そんなぁ！」

佳織の運動音痴さを知った佳澄は、自分の置かれた状況を悟り、嘆いた。

……そしてその後も佳織が上達する気配はなく、佳澄はペアであるはずの佳織から凄まじい勢いで飛んでくるテニスボールを避けることに必死で、試合どころではなくなるのだった。

＊＊＊

一方、優夜が国王との謁見をしている頃。

「ようやく……ようやく復活させることができたぞ……！」

太平洋のど真ん中に、巨大な生命体が出現していた。
灰色の巨軀に、巨大な二本の牙。
何より特徴的なのは、その長い鼻だった。
一見すると、象のように見えるその生命体だが、その大きさがあまりにも違っていた。
巨大な島ほどの巨軀を誇るその生物は、大きく鼻を振り上げ、雄叫びを上げる。

「プォオオオオオオオオオオン！」

一鳴き。
その瞬間、神獣は神力を爆発させた。
その余波は凄まじく、巨大な波となり、周囲の海へと広がっていく。
そして、その地点から近くに存在していた小さな無人島は、すべて一瞬で砕け散った。
この神獣こそが、神々の最終兵器――【ベヒモス】だった。
これほどの力を見せつけたベヒモスだったが、神々の表情は苦い。
「クッ……やはり、小さくなったか……」

「それに、かつての威厳を考えると、ずいぶんとみすぼらしくなった」

そう、神々はサーラに対抗するべく、万全の状態とは言えない中、ベヒモスを復活させたのだ。

しかし、やはり不完全な状態であり、そのサイズは、かつてはムーアトラ大陸の半分ほどを誇っていたのに対して、現在はそれよりも遥かに小さい大きさになっていたのだ。

その上、かつて全盛期を誇っていた神獣は、狼や獅子といった、肉食獣的な側面が非常に強かった。

しかし、完全には復活させることができないと判断した神々は、神獣をより頑丈かつ強靱な肉体に作り替えたのだ。

その結果、生み出された神獣は、まるで象のような体軀となり、強靱な外皮や膂力を手にしたのだった。

「だが、これ以上、引き伸ばすことはできん」

「然り。どういうわけか、ヤツは力を取り戻しつつある。ならば、今のうちに消すべきだ」

「幸いにも、コイツは我らの神力を憶えており、我々が自在に操ることができる。そして、今のサーラであれば、こやつでも十分対処できるだろう」

「そして、サーラを消した後……ついに我々が、この星を統べる！」

神々は顔を見合わせ、頷いた。

「さあ、神々の帰還だ――――！」

――こうして、ついに神々の進撃が始まった。

＊＊＊

国王様たちとの話し合いから数日。

結局、俺たちは当初の予定通りの日程で留学を終え、帰国することに決めた。

というのも、元々今回の留学はジョシュア様が画策したことであり、当初の狙いは、佳織の気を惹こうというものだった。

だが、今回の件で色々と反省したジョシュア様は、佳織のことを諦めることになった。

そういうわけで、俺も佳織も特に元々留学する目的があったわけでもないため、予定通りに帰国することにしたのだ。

とはいえ、まだ数日ほど日程が残っていたため、せっかくなので通う予定だった学園にお邪魔することに。

すると……。

「ああ、俺たちのヒーローが来たぞ！」

「え、えっと……」

なんと、先日のパーティーに参加していた学園のクラスメイトたちが、一気に押し寄せてきたのだ。

この状況に俺が戸惑っていると、その中の一人が口を開く。

「君のおかげで俺たちは助かったんだ！　本当にありがとう！」

「SNSでも見たけど、本当に映画のヒーローみたいだったわ！」

「なあ、どんな修行をしたら、あんな動きができるようになるんだ!?」

「もしかして、ユウヤは『ニンジャ』の末裔なんじゃないか？」

一人が話し始めると、それに続く形でどんどん質問が飛んでくる。

すると、佳織がそっと耳打ちしてきた。

「す、すごいですね……」

「う、うん。でも、何て答えれば……」

そう、どれだけ質問されようとも、異世界のことを話すわけにはいかないのだ。

そのため、俺が返答に困っていると、一人の男子生徒が声を上げる。

「皆、そこまでにしないか！　ユウヤ君が困ってるだろ？」

「えー？　でもお前は気にならないのかよ？」

「そりゃあもちろん気になるさ！　ただ、こんな噂を聞いたんだよ」

「噂？」

……何だ？　俺の知らないところで、何か噂が広がっているのか？

俺も思わず興味を惹かれていると、その男子生徒は言葉を続ける。

「ああ。ユウヤ君は――王族が秘密裏に編制していた特殊部隊の人間らしい」

『ええ!?』

「ええ!?」

まさかの噂に、俺まで驚いてしまった。

と、特殊部隊って……何をどうすればそんな噂が!?

唖然とする俺に対して、佳織が苦笑いを浮かべていた。

「あははは……でも、そう言われても違和感ないですよね」

いやいやいやいや、違和感しかないと思うんだが……！

あまりにも突拍子のない話に、俺が言葉を失う中、男子生徒の話は続く。

「だって考えてみろよ！　あのパーティーって、ジョシュア様の護衛はそんなに多くはいなかっただろ？」

「そういえば……」

「それは、そこにいるユウヤ君がいたからだ。ユウヤ君さえいれば、他の護衛はいらないんだろう。だから、大勢の護衛が、別の王族たちの警護に回されていたに違いない。そうだろ？」

もはや確信を得ているといった表情でそう問いかけてくる男子生徒。

ど、どうしよう、全然違う……！

「そ、その……面白い推測だとは思うけど、俺は別に――」

「いいや、皆まで言わなくていい！　特殊部隊の人間だってことは、多くは語れないんだろ？　任せろ、これ以上は聞かないさ」

男子生徒は俺にそう告げると、ウインクを飛ばしてきた。

だ、ダメだ、俺の話を聞いてくれる気配がない……！

そもそも、こんな話、皆も信じるのか⁉

「そっか……確かに、特殊部隊の人間なら、あり得るな」

「ごめんね、色々話せないのに聞いちゃって……」

信じちゃった⁉

今の話って、俺がテロリストたちを倒した時に、武術をやってるからって答えたのと変わらないくらい滅茶苦茶な内容だと思うんだけど⁉

だが、俺が何かを言う前に、他の生徒たちは俺が特殊部隊の人間だと納得したようで、それ以降、話しかけてくることはなかった。

その代わり、皆からの「大丈夫、分かってるさ」といった視線が飛んでくる！

……もうこの際、特殊部隊の人間ってことでいいや……。

異世界のことを話すわけにもいかないので、最終的には皆の勘違いを正すこともなく、クラスメイトとの会話は終わった。

そんな一幕がありつつも、俺が残り少ない留学生活を堪能していると……。

「ユウヤ君！　君にお客さんだよ」

「え？」

いきなりクラスメイトから、そう声がかかった。

俺にお客さん……？

この国に来てから知り合った人なんて、ジョシュア様やクラスメイトの子たちくらいだけど……。

思わず佳織の方に視線を向けるが、佳織もよく分かってないようで、首を傾げていた。

ひとまず相手を待たせるわけにもいかないため、俺がそのお客さんの元に向かうと……。

「おお、ついに見つけたよ！」

「あ、貴方は！」

なんとそこには、この間の映画撮影現場にいた、監督さんがいたのだ！

予想外の人物の登場に驚いていると、監督さんはいきなり俺の手を取ってくる。

「ユウヤ君、だったかな？　君をずっと捜してたんだ！」

「お、俺を？　というより、どうやって……」

戸惑う俺に対して、監督さんはあっさりと告げる。

「以前、君がオリヴィアを助ける動画がＳＮＳでバズっていただろう？　それで、君のことを知るこの学園の生徒が、俺に連絡をくれたんだよ」

「ど、どうして貴方に……」

「そりゃあ俺が君を捜していたからさ！　そのことをＳＮＳで流したら、すぐに連絡をくれたよ」

たった一本の動画が出回っただけで、こんなことになるなんて……。

SNS社会って恐ろしい。

思わずそんなことを考えていると、監督さんは言葉を続ける。

「それで、ユウヤ君にぜひ俺の映画に出演してほしいと思ってね！」

「俺が⁉　無理ですよ！　演技の経験なんてないですし！」

「いいや、君には光るものがある！　絶対に大丈夫だ！」

「どこからそんな自信が⁉」

「いいから！　俺の現場に来れば分かるさ！」

監督さんはそう言うと、強引に俺の腕を引っ張り始めた。

「ちょ、ちょっと待ってください！　今日はまだ学校が……」

「大丈夫！　学校には、ユウヤ君は早退するって伝えてあるから！」

「根回し済みだった⁉」

「ほら、これでもう憂いはないだろう？　さあ、来るんだ！」

――――こうして、訳も分からないまま、俺は監督さんに引きずられる形でどこかに連行されるのだった。

＊＊＊

――ここは、どこだろう？

神々によって封印を解かれたベヒモスは、ぼんやりとした頭でそう思った。

「さあ、神々の帰還だ――――！」

そんな中、ベヒモスを復活させた神々は、高らかに宣言する。

その様子を見て、ベヒモスは顔を顰めた。

――また僕は、コイツらに操られるのか。

神々によって生み出されたベヒモスだったが、その内心は神々の策略とは大きくかけ離れていた。

なんと、神々の生み出したベヒモスには、感情や理性といったものが確かに存在していたのだ。

もしただの兵器を造り出すだけなら、感情や理性など必要なかっただろう。

しかし、神獣には当時、驕り高ぶっていた神々にとっての『遊び』の要素が入れられたため、兵器にとっては不要な『心』を持った存在として生み出されたのだ。

当時の神々からしてみれば、人間を殺すことなどただの遊びであり、ただ殺すだけでは面白くないからと、兵器であるベヒモスすらも玩具にしたのである。

そして、人間たちを殺し、罪悪感で苦しむベヒモスと、逃げ惑い、死んでいく人間を見て、神々は楽しんでいたのだ。

生まれた時から戦闘や殺戮を強制されてきたベヒモス。

訳も分からないまま、ただ神々の『神力』によって支配され、殺戮を繰り広げてきたのだ。

――もう、痛いのは嫌だな……。

日に日に己のせいで死んでいく大勢の人間たちを見て、ベヒモスの心は摩耗していった。

そんなベヒモスの様子を見て、神々は愉悦に浸る。

これが、ベヒモスの日常だった。

ただただ悲しくて、痛い。

それでも、神々によって生み出されたベヒモスは、彼らに逆らうことができなかった。

だからこそ、かつて封印された時、ベヒモスは安堵したのだ。

これでもう、痛くない。

誰も悲しい思いをしないで済むと、思ったのだ。

だが、こうして再び神々の手によって、封印が解かれてしまった。

また神々に操られ、あの地獄のような時間を味わうのかと、絶望しかけた時だった。

——あれ？　僕、姿が変わってる？

ふと、自分の姿が記憶と違うことに気づく。

かつてのベヒモスは、全身が毛で覆われ、手足には鋭い爪を、顎には鋭い牙を備えていた。

だが今のベヒモスは、全身が分厚い皮で覆われ、爪はなく、口からは巨大な二本の牙が生えている。

何より特徴的なのは、その長い鼻だった。

最初こそ違和感を感じたものの、元々神々から生み出された存在であるベヒモスは、身体（からだ）の変化をすんなりと受け入れた。

——そうか。今度はこの姿でもて遊ばれるのか。

どうして神々が自分の姿を変えたのかは分からない。

神々の思考など、理解したくもなかった。

ただ、ベヒモスは自身の変化だけではなく、神々の様子にも異変を感じ取る。

——なんだ？　アイツらの『神力』が……弱い？

そう、ベヒモスを縛り付ける『神力』が、非常に弱々しかったのだ。

とはいえ、今もなお、神々から逃げることはできない。

しかし、ここまで神々の力が弱っているなら、何らかのきっかけで、この呪縛から逃れられるかもしれなかった。

――もしかしたら……僕も自由になれるのかな……。

しかしすぐに、そんなことは不可能だと考え直すベヒモス。

それでも……自分を救い出してくれる誰かの存在を、願わずにはいられないのだった。

＊＊＊

「さあ、ここが撮影現場だよ！」

無理やり俺が連れて来られたのは、どこかの廃工場で、すでにスタッフさんたちによって撮影の準備が調えられていて、役者さんたちも集まっていた。

「い、いや、撮影現場だよと言われましても……俺には演技の経験はないんですって……」

「大丈夫大丈夫！　今回の撮影には、君以外にも演技が初めての子もいるし、何より君に演じてもらう役は無口な暗殺者って設定なんだ。だからセリフはないし、演技だって必要ないよ！　ただ、俺の指示通りにアクションさえしてくれればいいんだ！」

「そ、そう言われましても……」

セリフや演技がいらないと言われても、アクションシーンだって事前に入念な打ち合わせが必要だろうし、素人（しろうと）の俺なんかがそう簡単にできる話じゃない。

とにかく、ここは何としてでも断らないと！

俺がそう思っていると……。

「あれ？　優夜（ゆうや）さん⁉」

「え？　美羽（みう）さん⁉」

声の方に視線を向けると、なんとそこには、トップモデルの美羽さんがいたのだ！

予想外の人物の登場に俺が驚いていると、美羽さんが駆け寄って来る。

「どうして優夜さんがここに？」

「い、いえ、その……無理やり連れて来られたんですよ……」

「ええ？」

俺の言葉に美羽さんが困惑する中、監督さんが口を開く。

「何だ、ミウを知ってるのか？」

「は、はい」

「それじゃあ話が早い。今回は君がミウを救出するシーンを撮影したかったんだ。それに、ミウだって君と同じで演技は今回が初経験なんだぞ？」

「そうなんですか？」

確かに、美羽さんは女優ではなくて、ファッションモデルだもんな……。

俺がそう訊くと、美羽さんは恥ずかしそうに頷く。

「ええ、そうなんです。ただ、社長の意向で、モデル業だけじゃなく、女優業も視野に入れるようにと言われまして……」

「は、はぁ……」

何と言うか、あの社長さんは相変わらず強引なようだ。

俺が思わずそんなことを考えていると、美羽さんは続ける。

「正直、演技をしろと言われて、初めてのことで不安でしたが……優夜さんが一緒なら大丈夫ですね！」

「ええ⁉」

どういうわけか、美羽さんは俺のことを信頼しきった様子で見つめてきた。

こ、この流れは非常によくないんじゃないか⁉

「そ、そもそも、いきなり俺が出演していいんですか？」

そう、映画というからには、ちゃんと台本があって、これまでに撮ってきたものがあるはずだ。

それなのに、俺というまったく未知の存在がいきなり登場して、映画が成り立つのか？

そう俺が告げると、監督さんはニヤリと笑う。

「それに関しては心配ない。すでに、辻褄が合うように台本を調整して、撮影も終わらせた」

「え」

「だから、君が登場するシーンを撮れば、今回の映画はすべて完成というわけだ。逆に言うと……君が出演してくれないと、今までの撮影がすべて無駄になるね」

「そ、そんな……」

完全に退路を断たれていたことに、俺は呆然とする。

ここまで言われてしまうと、もはや断ることはできなかった。

「……分かりました。ですが、映画撮影なんて本当に初めてのことなので、上手くできなくても許してくださいね」

「それに関しては問題ない！　俺の指示に従ってくれれば、すべて完璧だからさ。そうと決まれば、さっそく撮影を始めるぞ！　ミウもよろしく頼む！」

「わ、分かりました……！　優夜さん、では、後ほど！」

監督は満足げに頷きながら去っていき、美羽さんも撮影の準備に向かっていった。

そんな二人を見送り、俺はため息を吐く。

「はぁ……どうしてこんなことに……」

「あの……」

「ん？」

すると、不意に声がかかる。

俺が声の方に視線を向けると、そこにはオリヴィアさんが立っていた。

「貴女は……」

「この前、助けていただいた、オリヴィアです。あの時は、本当にありがとうございました」

「そ、そんな！　無事でよかったです」

「無事だったのは、貴方のおかげです。その……名前を伺っても？」

「あ、ゆ、優夜・天上と申します」

「ユウヤさん……私はオリヴィアと言います。あの時、私は死を覚悟しました。でも、ユウヤさんが救ってくれたおかげで、今こうして女優を続けられています。本当にありがとうございました」

何度も頭を下げてくるオリヴィアさんを前に、俺はとにかく恐縮しっぱなしだった。

すると、オリヴィアさんは不思議そうな表情を浮かべる。

「ところで、今回はどうしてこちらに？」

「その……監督さんに無理やり連れて来られまして……どうやら、この後のアクションシーンに俺が出演しなきゃいけないようなんです」

「なるほど。それで監督はいきなり台本と撮影シーンを大きく変えたのね……」

オリヴィアさんが零した言葉が耳に入り、俺は申し訳なくなった。

「すみません、俺のせいで……」

「あ、いえ！　気にしないでください！　確かに、ユウヤさんのあの動きを見たら、監督がそうするのも仕方ないですよ！」

「そう、なんですかね……」

「それに、皆ユウヤさんのアクションを楽しみにしていますよ。ほら」

オリヴィアさんに促され、俺が周囲を見渡すと、撮影スタッフの皆さんが、俺の方を見て、何やら小声で話し合っていた。

「彼が、あの……」

「動画見たけど、マジヤバかったよな」

「あれ、CGじゃないんだろ？」

「当然よ！　私は現場で見てたんだから！」

「いやぁ、あの時の動きがまた見られるなんて……」

「監督、ずっと彼を捜してたもんな」

これは……歓迎されている、のかな？

よく分からないが、ひとまず張り詰めた空気感ではなかった。

そんなこんなで俺がオリヴィアさんと会話を続けていると、ついに監督に呼び出される。

「あ……その、行ってきますね」

「はい！　楽しみにしてます！」

うぅ……楽しみにされても困るんだが……。

もはやどうすることもできず、不安でいっぱいになりながら、俺は監督の元に向かう。

「え？」

「さて、先ほども話したが……このシーンで、君にはミウを救い出してもらう」

「は、はい」

「その救出方法だが——好きにしてくれ」

「…………え？」

い、今、何て言った？　好きに？

思考が停止してしまった俺に対して、監督はニヤリと笑う。

「いいか？　君にやってもらうことはミウの救出だけだ。それさえ守ってくれれば、後はどう動いてくれても構わない」

「え、ええ⁉　指示してくれるのでは……⁉」

「これが指示だよ」

嘘（うそ）でしょ⁉

絶句する俺に対して、監督は言葉を続ける。

「いやあ、色々考えたんだがね。結果、君に自由に動いてもらう方が、シーンが面白くなりそうだと思って……」

「困ります！　アクションシーンって、事前に相手との打ち合わせだったり、練習が必要なんですよね⁉」

「ああ、そのことは心配しなくていい。今回、君にはミウ以外との絡み（から）はないからね」

「え？」

まったく予想していなかった言葉に俺が驚いていると、監督さんは説明を続ける。

「今回のシーンは、廃工場に囚（とら）われていたミウを、君が救出する場面だ。ただし、廃工場は爆炎に包まれていて、今にも崩れそうという設定でね。つまり、君には壊れる建物からミウを救出してもらいたいわけだよ」

「な、なるほど……」

それなら、誰かとシーンの練習をする必要はない、のか……？

「それじゃあ、工場内で拘束されてる美羽さんを普通に救出すればいいんですか？」

「簡単に言えばそうだが、当然それだけだと面白くない。故に、天井からそれっぽい偽物（にせもの）の建材や瓦礫（がれき）を落としたりするから、オリヴィアを助けた時のように、上手く避けたり、蹴り飛ばしたりしながら、華麗にミウを救出してほしいんだ」

「は、はぁ……」

偽物の建材や瓦礫ってどんなものだろう？

まあ、安全面は配慮されているものなんだろうけど……。

とりあえず、誰かとアクションシーンを撮るよりは、まだ何倍もやりやすそうな場面で安心した。

すると、監督さんは真剣な表情を浮かべる。

「ただし、大掛かりなシーンなだけに、撮影は何度もできない。そこは理解してくれ」

「わ、分かりました」

うぅ……そんなプレッシャーをかけられても……。

とはいえ、これ以上泣き言を言っても仕方がないので、俺は腹を決めた。

その後、指定された衣装を着たり、メイクをしたりして準備を調えると、ついに撮影が始まる。

俺が着ている衣装は、どこか現代チックにアレンジされた忍者のような服装で、顔の下半分はマフラーのようなもので隠されていた。

これ、本当にどんなストーリーなんだ……？

いきなり忍者擬(もど)きが登場して……展開的におかしくないのかな？

……まあ、監督さんやスタッフの皆さんが許可したのなら、大丈夫なんだろうな。

それはともかく、俺が美羽(みう)さんを救出するシーンでは、廃工場の外で何か爆発し続けている設定とのことで、ずっと激しい爆発音が響いている。

だ、大丈夫だよな？　オリヴィアさんの時のような、事故だけは避けたいんだが……。

「では本番！　よーい……アクション！」

俺がそんなことを考えていると、ついに監督から指示が出る。

監督の声に反応して、俺はひとまず廃工場の扉を蹴り破って、工場の中に突入した。

「おお！」

「す、すごい……あの重たい鉄の扉を一発で……」

一瞬だけ周囲でざわめきが起こったものの、俺はひとまず目の前のことに集中し、急いで美羽さんの元に向かおうとする。

すると、廃工場の中の鉄柱に縛り付けられた美羽さんが目に入った。

俺は扉を蹴り破った勢いでそのまま駆け出すが、不意に右側から不穏な気配を感じる。

すると、映画のセットであろう精巧な岩が、俺を目掛けて飛んできた。

って、岩⁉　ここ廃工場だよね⁉　どこから飛んできたんだ⁉

ハチャメチャな状況に困惑しつつも、俺は飛んできた岩に対して、右手の裏拳を叩き込んだ。

すると、映画のセットというだけあってその岩は非常に脆く、簡単に砕け散る。

「おいおい……木っ端微塵じゃないか……」

「あれ、あの岩、そこそこ硬くなかったか？」

「いやいや、そんなに硬い物は撮影で使えるわけないだろ！　……え、使ったのか⁉」

「……ま、まああの様子を見たら、使ってても問題なさそうだな……」

　スタッフさんたちの間でそんなやり取りがされているなどとは露ほども知らず、俺は次々と襲い掛かってくる瓦礫を弾いたり、避けたりするので忙しかった。

　こ、これ、多くない⁉　これが普通なのかな⁉

　とにかく……早く美羽さんを救出して、この撮影を終わらせよう。

「え……」

　無事に美羽さんの元まで辿り着いた俺は、美羽さんを拘束している物に目を向けた。

　……コレ、手錠と鎖なんですけど⁉　か、鍵はどこ⁉

　思わず監督さんたちの方に視線を向けるが、スタッフさんたちは一斉に目を逸らし、監督さんはにこやかな笑みを浮かべてこちらを見ていた。

　ま、まさか、これを壊せって言うのか⁉

　あれこれ考えるものの、監督さんたちは止める素振りすら見せないため、やはり壊すしかないのだろう。

俺は諦めのため息を吐き、美羽さんの手錠と鎖に手を伸ばした。

そして――――。

「フンッ！」

「す、すごい……」

手錠と鎖を引きちぎったところで、美羽さんは呆然とそう呟いた。

「マ、マジかよ……」

「あれ、てっきり監督の悪ふざけかと思ってたのに……」

「あの手錠と鎖って、ダミーなのか？」

「い、いや、本物の鉄製だったけど……」

「それを引きちぎるって……どうなってんだ⁉」

ひとまず美羽さんの拘束を解除できた俺は、そのまま彼女を抱きかかえる。

話の設定上、美羽さんは身体的に衰弱しており、俺が抱えて廃工場を脱出するという流れだったからだ。

こうして俺が美羽さんを救出しようと動き出した、その瞬間だった。

「ッ！」

なんと、工場の天井から、屋根を支えていた鉄筋が落ちてきたのだ！

「あれって舞台セットだよな？」

「いや、違う！　外の爆発の振動で崩れたんだ！」

「はあ!?　じゃあ今すぐここから脱出しないと！」

何やらスタッフさんたちが慌ただしく動き出したことを感じながら、俺は降ってきた鉄筋を避ける。

しかし、立て続けに鉄筋が降ってきたため、俺はそれらを蹴り飛ばしていく。

「？」

な、何だ？　今までの舞台セットと違って、蹴った感覚が普通の鉄柱だったけど……。

いや、流石(さすが)にそれはないか。

ともかく、立ち止まっていては次々とセットが落ちてくるため、俺は美羽さんを抱きかかえたまま一気に工場の出口まで駆け抜けた。

すると、いつの間にかスタッフさんたちも外に出ていたことに気づく。

ん？　撮影は工場内だけで完結するはずだったけど……。

俺がそんなことを考えていると、不意に背後から凄(すさ)まじい轟音(ごうおん)が鳴り響く。

慌てて背後に視線を向けると――――なんと、廃工場が一瞬にして崩れ落ちたのだ！

その影響で、俺や美羽さんの方に瓦礫が飛んでくる。

俺は冷静にそれらを躱しつつ、いくつかは蹴り飛ばすことで、何とか襲い掛かる大量の瓦礫を回避することに成功した。

「な、何だったんだ……？」

『うおおおおおおお！』

「⁉」

俺が困惑する中、突然上がった歓声に、身体が硬直する。

すると、すぐさま監督さんが駆け寄ってきた。

「君たち、大丈夫か⁉」

「は、はい。大丈夫ですけど……あの、廃工場が……」

「ああ、すまない。外にセットしていた爆薬の影響で、どうやら廃工場が崩れてしまったようなんだ」

「えええええ⁉」

じゃ、じゃあ、あの天井から降ってきた鉄筋は、本物だったたってことか⁉

オリヴィアさんに続き、二度も連続で撮影事故に遭遇しているという事実に俺は絶句するが、監督さんは気にした様子もなくにこやかに言葉を続けた。

「いやぁ、それにしても！　やはり俺の目は間違ってなかった！　アクシデントはあったが、おかげでいい画が撮れたよ！」

「いや、そういう話じゃ……！」

「おっと、それじゃあ俺は撮れた映像の確認があるから！」

監督さんはそれだけ言うと、その場から去ってしまった。

あまりにも無茶苦茶な展開に俺が呆然としていると、美羽さんが声をかけてくる。

「優夜さん」

「あ、美羽さん！　その、大丈夫でしたか？」

「はい！　少し驚きましたけど……優夜さんのおかげで、大丈夫でした」

ひとまず美羽さんに怪我はなかったとのことで、俺は一安心する。

それにしても……こんなにトラブルがある撮影現場って普通なんだろうか？　それとも、俺のせい、とか？

スタッフさんたちの様子を見ていた感じ、入念に準備されていたみたいだったけど……。

「まさか、こんなことになるとはな……」

「監督は相変わらず無茶しすぎなんだよ」

「でも、火薬の量はちゃんと調整したんだろ？」

「ああ。だからこそ、いきなり工場が崩れるなんて思わなかったよ……」

「てか、崩れてきた瓦礫とか、どうやったら躱せるんだよ……？」

「躱すどころか、蹴り飛ばしてたけどな」

「何にせよ、あれだけ無茶苦茶な状況を切り抜けるなんて、とんでもないアクション俳優になるぞ……」


……ん？　スタッフの人たちから見られてる……？

何故か、俺は周囲のスタッフの皆さんからの視線を感じた。

何にせよ、俺の役目は終わりだ。もうこれで、映画撮影に関わることはないだろう。

俺はそう思いつつ、改めて監督さんに最後の挨拶に向かったのだが……。


「ユウヤ君！　ぜひとも次回作にも出てくれ！」

「ええ⁉」


なんと、監督さんから再び出演のオファーを受けてしまったのだ。

「いやいやいや、無理ですよ！　今回だって俺がいきなり登場するなんておかしいじゃないですか！」

「その話は問題ないって言っただろう？　こちらでちゃんと辻褄を合わせてある！　それ

よりも、今回の撮影を通じて確信した。絶対にこの映画は大ヒットする。そして、次回作が作られるとね！　そこで、その主人公を君にお願いしたいんだよ！」

「いや、そう言われましても！」

そもそも、申し訳ないとは思いつつ、大ヒットと言われてもピンときていない。

なんせ俺からすれば、よく分からない状況で、トラブル続きの中、美羽さんを廃工場から救出しただけなのだ。

もはや、どんな話のどういったシーンなのかすら分かっていない。

そのため、今撮られているこの映画が果たして面白い物なのか……まったく分からなかったのだ。

それに、今回は1シーンのみの出演だったが、主役として映画撮影に臨むとなれば、相当な時間が拘束されるだろう。

俺はまだ学生なので、学業以外のことにそこまで時間を取られるわけにもいかなかった。

「あの、俺のことをそこまで買ってくださるのは嬉しいのですが、俺はまだ学生ですし……勘弁してください」

「だが！」

「監督、そこまでにしましょう」

「あ、オリヴィアさん！」

俺が返答に困っていると、不意にオリヴィアさんが現れた。

「ユウヤさんを困らせちゃダメよ」

「いや、しかし、オリヴィア！　彼のアクションを見ただろう⁉　ＣＧも使わず、あそこまで派手なアクションができる俳優なんてどこにもいない！　それに、この惹き込まれるルックス……まさに俳優になるために生まれてきた存在と言っても過言じゃないだろう！」

「確かにそうかもしれないけど、彼にだって他にやりたいことがあるはずよ。それに、今回は色々トラブルもあったし、これ以上彼の心証を下げてしまうのはよくないんじゃないかしら？」

「う……それは……」

痛いところを突かれたのか、監督さんは言葉に詰まる。

「しかし……一体、何故なんだ？　アレだけ計算やテストをして、安全面には配慮したというのに……」

「もう起こってしまったものはしょうがないでしょう？　私としてもユウヤさんとご一緒できないのは悲しいけれど……はい、コレ」

「え？　これは……」

すると、俺はオリヴィアさんから一枚の名刺を渡された。

「もし演技に興味が出た時は、遠慮なく連絡してください。もちろん、プライベートな連絡でも大丈夫よ？」

「あ、いえ！　その、ありがとうございます！」

正直、俺は今まだ、将来何をしたいのか、まったく考えていない。

でももし、俺が何かのきっかけで演技に興味を持ったら……その時は、遠慮なくオリヴィアさんを頼らせていただこう。

俺がそう思っていると、オリヴィアさんは笑みを浮かべた。

「まあでも、もしかしたら……私の方から会いに行くことになる可能性もあるかもしれませんね。ね、監督？」

「え？　……ああ！　それもそうだな！」

「？」

監督さんは一瞬だけ呆けた表情を浮かべたものの、何かに気づいたように、頷いた。

何はともあれ、色々なトラブルが起きたものの、こうして俺は、映画撮影を無事に終えたのだった。

第五章　地球の神々

巻き込まれ体質が災いしてか、映画の撮影なんていう驚きの体験をすることになった俺だったが、その後は特に変わった出来事もなく、有意義な留学生活を満喫していた。

先日のテロ事件はかなり大きなニュースとして取り上げられたため、またしてもＳＮＳで俺の情報が出回ってしまう可能性もあったのだが……不思議なことに、俺に関する話題は特にあがっていないようだった。

もしかすると、ジョシュア様たち王族から緘口令的な物が敷かれているのかもしれない。

何はともあれ、ようやく平穏な海外生活がスタートしたわけだ。

ただ……。


「結局、神々は襲ってこなかったですね……」

「そうですね。ヤツらは私の存在に気づいているはずなのですが……」

そう、不気味なほどに、神々が襲撃してくる気配がないのだ。

とはいえ、このまま何もないのが一番なのだ。

そう思っていると、部屋のドアをノックする音がした。

「はい？」

「優夜さん、帰る準備はできましたか？」

部屋に入って来たのは、すでに帰国する準備を終えた佳織だった。

佳織が部屋にやって来た瞬間、一応サーラさんは姿を消している。

「うん、できてるよ」

「そうですか……まあでも優夜さんなら、飛行機を使わなくとも魔法で帰れるでしょうけど……」

「あはは……」

確かに佳織の言う通り、転移魔法を使って帰ることももちろんできる。

とはいえ、行きも飛行機で来ている以上、帰りも飛行機を使わないとおかしいだろう。

「とりあえず、後少ししたら、母が空港まで連れて行ってくれますので、ゆっくりしててください」

「うん、ありがとう」

佳織は最後に微笑むと、部屋を後にした。

「ふぅ……本当に色々あったなぁ」

当初、想像していたような留学でこそなかったが、歓迎パーティーや、テロリストの襲撃、国王様との謁見に、映画撮影への飛び込み参加など……普通の留学では考えられないほど濃密なイベントが目白押しだった。

サーラさんが期待しているような結果ではなかったかもしれないが、やっぱり俺には何か憑いてるんじゃ……。

「まあいいや。それよりも、サーラさん――――」

「来たッ！」

「え？」

突如、部屋の窓の外を睨みつけるサーラさん。

何のことか分からず、俺も同じように窓の外に目を向ける。

すると――――。

「なっ⁉」

――なんと、神兵の群れが空一面を覆い尽くし、こちらに向かってきていたのだ！

しかも、前回の襲撃とは異なり、俺たちが隔離されている様子もない。

そのため、マンションの外では、神兵たちを見た数多くの人々が大変な騒ぎになっていた。

「な、何だ、あれ？」

「鳥……？」

「いや、人間!?」

「で、でも、翼が生えてるぞ！」

突然のことに驚いた人々は、その様子を撮影しようと、空にカメラを向けようとする。

しかし、そんな余裕は一瞬で崩れ去った。

「不味いッ！」

なんと神兵たちが、槍を構え、人々に向かって投擲し始めたのだ！

「させるかあああああああッ！」

次の瞬間、サーラさんは『星力』を噴出させながら、一気に窓の外へと飛び出す。

「サーラさんッ！」

そんなサーラさんの後を、俺も慌てて追いかけた。

サーラさんは、一瞬にして人々と神兵たちの元に辿り着くと、ありったけの『星力』を辺り一面に行き渡るように爆発させた。

すると、まるで俺たちと神兵たちだけが隔離されたかのように、不思議な空間へと転移されていたのだ。

だが……。

「はぁ……はぁ……」

「サーラさんッ！」

荒い息を整えようとするサーラさんに、俺は急いで駆け寄る。

すると、頭上から声が響き渡った。

「無様だな、サーラ」

「貴様ら……！」

俺たちが頭上を見上げると、そこには白いローブ姿の男たちが、神兵に守られるように浮かんでいた。

そんな男たちは、サーラさんに対して、見下したような嘲笑を浮かべる。

「やはり、貴様は愚かだな。おかげで、貴様の力を削ぐことができた」

「まさか、わざと人間を襲おうとしたのか……⁉」

怒りに震えるサーラさんに対して、神々から帰ってきたのはまたしても嘲笑だった。

「そうだ。愚かな貴様のことだ、我らが人間に攻撃を仕掛ければ、おのずと力を使うだろうと踏んでいたわけだ」

「事実、貴様は我々を人間どもから隔離するために、力を使い果たした」

「まったく、馬鹿なヤツよ」

「だが、効果覿面だったな。あんなゴミどもを攻撃しようとするだけで、貴様の力を削ぐことができたのだから」

「クッ……！」

つまり、この男たち……神々は、サーラさんの力を削ぐために、あえて関係のない人々を狙ったと言うのか……。

すると、神々は不愉快そうな表情を浮かべる。

「貴様のせいで、我らは人間などという醜い肉体に堕ちることになった。とはいえ、人間の肉体のおかげで、貴様の感知能力から抜け出すことができたわけだが……」

「だがそれも今日で終わりだ。ここで貴様を殺し、我らは再び神としてこの星に降臨する」

……なるほど。

サーラさんや霊冥(レイメイ)様がこの神々の存在を感じ取れなかったのは、コイツらが人間の肉体を使っていたからだったのか。

俺がそう分析している中、神々は再び笑みを浮かべた。

「それにしても……貴様を殺すための切り札を用意していたが、それを使うまでもなさそうだな」

「さあ、話は終わりだ。とっとと死ぬがいい」

そして、神々がそう口にした瞬間、一斉に神兵たちが俺たちに襲い掛かってきた。

襲い来る神兵の群れに対して、俺はすぐさま【天鞭(てんべん)】を取り出し、思いっきり振るった。

「ハアッ！」

振るわれた鞭(むち)の先は一瞬で枝分かれしていき、そのまま神兵たちの身体(からだ)に巻き付くと、瞬時にすべての神兵たちを圧し折った。

一瞬にして大量の神兵が消滅したことで、神々は初めて俺に意識を向けた。

「――――なんだ、貴様は」

まるで路傍の石でも眺めるように、俺を見つめてくる神々。

そんな神々に対して、俺はサーラさんを庇うように立つ。

「お前たちの相手は、俺だ」

「何だと？」

俺がそう言い切ると、神々は一瞬だけ呆けた表情を浮かべた後、高笑いし始めた。

「プッ……アハハハハハ！　人間如きである貴様が、我らの相手をするだと⁉」

「……」

「――――不愉快だ」

そして、凄まじい神力を解き放った。

すると、背後のサーラさんが声を絞り出す。

「優夜さん……逃げてください……相手は腐っても神……優夜さんでは――――」

「大丈夫です。アイツらは俺が倒しますから」

……神といえば……ついこの前戦ったシュウの姿が頭を過る。

ただ、シュウは道を間違っていたとはいえ、彼の目的はあくまで人類をよりよく導くことだった。

それに対して、目の前の神々は……人類に対して、支配することしか考えていない。

この神々にとって人類は、ただ自分の暇を満たすための、玩具でしかないのだ。

そんなヤツらに、負けるわけにはいかない……！

俺が神々を睨みつけると、神々は不愉快そうに顔を歪める。

「不遜だ。人間如きが、我らに歯向かうとは……」

「先ほどはどうやったか知らんが……己の矮小さに絶望しながら死ぬがいい！」

そして再び、無限ともいえる数の神兵が、一瞬にして召喚された。

だが……。

「何度召喚しようが、同じことだ……！」

俺が再び【天鞭】を振るうと、召喚された神兵たちは片っ端から圧し折られていく。

さらに、鞭のテールは、神兵だけでなく……神々の元にも迫っていた。

「何だ、その武器は⁉」

「クッ……近寄るなッ！」

神々がその場から離脱しようとするも、賢者さんの武器である【天鞭】はそれを逃さない。

どこまでも追い続け、ついに鞭が神々を拘束した。

だが……。

「舐めるな、人間風情がッ！」

神々は己の神力を爆発させることで、【天鞭】を弾き飛ばしたのだ。

そして再び空中に浮かぶと、忌々し気に口を開く。

「何だ、お前は……その武器は何なんだ……！」

「お前たちより、もっとすごい人が作ったものだよ」

「我々よりも、すごい、だと？」

俺の返答に、神々は怒り狂った。

「そんなもの、存在するはずがない！」

「切り札を使うつもりはなかったが……貴様とサーラを同時に屠ってやろう」

「貴様が信頼するそのちっぽけな武器で、抗って見せよ！」

「！」

神々がそれぞれ頭上に手を掲げると、巨大な魔法陣らしきものが、上空に展開された。

そのあまりの大きさに、俺は目を見開く。

なんだ、何をしようとしている!?

すると、サーラさんはその魔法陣を見て、顔を青ざめさせた。

「まさか……!?」

何にせよ、このまま放置しておくわけにはいかない。

俺はすぐさま【天鞭】を振るい、神々の行動を阻止しようと試みた。

しかし、【天鞭】が神々に到達する前に、神兵たちが邪魔をしてくる。

そして――――。


「――――いでよ、ベヒモス！」


「な――――」

上空から、灰色の空が落ちてきた。

そのあまりの巨大さに、俺は絶句しつつも、急いでサーラさんを抱きかかえてその場から離脱する。

「な、何ですか、アレ……！」

そして、何とか落ちてくる灰色の空から逃れたところで、その全貌が明らかになった。

俺が空だと思っていた物は、超巨大な象だったのだ。

巨大なビルとか、そんな次元の大きさじゃない。

まさに、島一つが落ちてきたかのような、そんな大きさだった。

あり得ない大きさを誇る生命体を前に絶句していると、俺に抱きかかえられたサーラさんが口を開く。

「アレは……神獣……ベヒモスです」

「ベヒモス？」

「はい……何故か姿は変わっていますが、間違いないでしょう。かつて、多くの国々やいくつもの大陸を滅ぼした神獣。ヤツを封印するために、ムーアトラの民は、甚大な犠牲を払いました」

「そんな……」

俺たちが愕然としていると、神々が高笑いをする。

「フハハハハ！　どうだ、サーラよ！　かつて貴様らを恐怖のどん底に陥れた神獣を再び目の当たりにした気分は！」

「さあ、ヤツらを殺せ！」

「プォオオオオオオオオオオン！」

「ッ！」

神々がそう指示を出した瞬間、ベヒモスは巨大な雄叫びを上げた。

今はサーラさんのおかげで空間が隔離されているが、もしあの場で今の雄叫びが響いていたら……その衝撃だけで街中の建物はすべて倒壊していただろう。

ベヒモスの雄叫びにはそれほどの力が込められていた。

「サーラさん、昔はアイツをどうやって封印したんですか？」

「かつては『星力』の力を使いました。ですが、今の私では……」

この空間を作り出すために力を使い果たした今のサーラさんでは、ベヒモスを封印することはできないようだ。

一体どうすれば……。

すると、サーラさんはあることに気づく。

「ただ……ヤツらはベヒモスを完全には復活させられなかったようです」

「え？」

「本来の神獣は、この程度の大きさではありません。このベヒモスよりも遥かに巨大で、もし完全な状態でこの場に召喚されていたら……この隔離空間は一瞬で砕け散っていたでしょう」

「な……」

ほ、本来はもっと大きいのか⁉

とんでもない事実に俺は驚愕する。

「ええ。なんせ、神々の力が集結して生み出された存在ですから。ですが、不完全な状態である今なら……倒せるかもしれません」

「なるほど……」

何にせよ、やってみないことには分からないというわけだ。

それなら……！

「俺がアイツを倒します」

「優夜さん……しかし、やはり相手は神。ただの人間である優夜さんでは……」

不安そうな表情を浮かべるサーラさんに、俺は安心させるように微笑むと、今まで抑えていたすべての能力を解放した。

その様子を見て、サーラさんは目を見開く。

「こ、こんな力の奔流、見たことがありません！　優夜さんは、一体何者なんですか⁉」

「さあ……俺にもよく分かりません」

俺としては、普通に生活を送りたいだけなんだけどな。

いつの間にか色々なことができるようになっていただけなのだ。

とはいえ、この力で誰かを救えるのなら、それは本望だ。

俺はそっとサーラさんを腕から降ろし、【天鞭】の代わりに【全剣】を握る。

そして……。

「さあ、神獣！　かかってこい！」

その切っ先を、ベヒモスに向けた。

すると、神々は声を荒らげる。

「何をしている！　早くヤツらを潰せ！」

「……」

神獣はどんな攻撃を仕掛けてくるんだ⁉

俺はベヒモスの攻撃に備えて、体勢を整える。

しかし……。

「ん？」

いくら待っても、ベヒモスから攻撃は襲い掛かってこなかった。

まさか、もうすでに何かが起きているのか⁉

俺が警戒を強める中、何故か神々は焦り出す。

「ど、どうした⁉　何故動かん！」

「早くソイツを殺せ！」

口々に喚く神々の様子を見るに……どうやらこの状況は、神々にとっても想定外らしかった。

「い、一体何が……？」

サーラさんもこの状況に驚いているようだったが、俺はふとベヒモスの顔を見つめた。

すると、ベヒモスの瞳が視界に入る。

神々の力が結集されて生み出された存在と聞いていたため、どれほど凶悪な表情を浮かべているのかと思ったが……その瞳は非常に澄んでいて、何故か俺に対する親愛の情のようなものが感じられた。

まさかとは思いつつ、俺はベヒモスに声をかける。

「お前……アイツらの仲間じゃないのか？」

「ぷぉ」

俺の問いかけに対してベヒモスは、まるで違うよ！　と言わんばかりに頭を振った。

そんな俺とベヒモスのやり取りに気づいた神々が、驚愕の声を上げる。

「ば、馬鹿な！　何故ヤツと言葉を交わしている⁉」

「そいつは敵だぞ⁉」

「ぷぉん」

神々がいくら喚いても、何故かベヒモスは動こうとしない。

理由は分からないが、ベヒモスには神々の命令を聞く意思がないようだ。

おかしいな……この空間に召喚された時は、神々の言うことを聞いていたように感じたんだが……。

とはいえ、せっかくなので、俺は一つ訊いてみる。

「なあ……お前、アイツらを倒せるか？」

いくら命令を聞かないとはいえ、流石に創造主である神々に歯向かうことはしないか……。

そう思いながらも、俺がそう訊くと……。

「ぷぉ！」

「へ？」

ベヒモスは、できるよ！　と言わんばかりに頷いた。

そして──。

「じゃ、じゃあ、お願いしてもいいかな──」

「ぷぉおおおおおおおおおおおおおおん！」

「なっ⁉　何故こっちに──けぺ？」

「馬鹿が！　敵は向こう――――げへぇ!?」

「ぐぎゃあああああああ!?」

ベヒモスがその長い鼻を振り回しただけで、あれだけ自信満々だった神々が、一瞬にして粉砕されてしまったのだ。

あまりにも呆気ない幕切れに俺が驚く中、まだギリギリ息のあった神が、声を絞り出す。

「な、何故だ……貴様は、我らの僕のはず……」

「ぷぉ」

しかし、ベヒモスはその神々の言葉を否定するように頭を振るうと、そのまま残された最後の神を踏み潰してしまった。

――――こうして、地球の神々との戦闘は、呆気なく幕を閉じたのだった。

＊＊＊

優夜が神々と戦っている頃。

王星学園では……。

「なーんか暇だよなぁ」

亮が、どこか退屈そうにそう呟いた。

そんな亮を、慎吾は不思議そうに見つめる。

「そ、そうかな？」

「そうだって！　こう、物足りないというか、何というか……」

「——それは君が、この【学園の貴公子】である僕を求めてるからじゃないかなぁ⁉」

するとどこからともなく晶が颯爽と現れた。

「いや、お前は特に……」

「酷い！」

「そ、そうだね。晶君はいつも通りだし……」

「慎吾君まで⁉」

亮だけでなく、慎吾からも似たような反応をされ、晶は崩れ落ちた。

三人がそんな取り留めもないやり取りを続けていると、凛と楓がやって来る。

「三人ともどうしたのー？」

「ん？　あ、いや、何か最近つまんねぇなぁと思ってさ」

「えぇ？　あーでも、言われてみれば……」

楓は一瞬驚いた表情を浮かべた後、納得した様子を見せた。

すると、凜はニヤリと笑う。

「そりゃあ優夜がいないからじゃないかい？」

「え⁉」

「あーそうかもなー」

楓は凜の言葉に顔を赤くしたが、亮はそれだと言わんばかりに頷いた。

「凜の言う通り、優夜がいないからしっくりこねぇんだ！」

「そ、そう言えば、優夜君はもう少しで帰って来るよね」

「フッ……彼が海外でどこまで成長したのか……ライバルとして非常に楽しみだね！」

「まあアンタは成長してないけど」

「グサッ！」

凜のツッコミを受け、晶は胸を押さえながら倒れた。

「それにしても、優夜のヤツ、向こうでも上手くやれてるかな？」

「優夜君なら大丈夫じゃない？」

「う、うん、僕も心配ないと思うよ」

「でもアイツ、英語話せるのかな？」

亮の純粋な疑問に、楓が目を輝かせる。

「どうなんだろう？　でも、話せそうだよね！」

「確かに……優夜なら、英語がペラペラでも驚かないねぇ。それで、向こうでもモテモテなんじゃないかい？」

「ええ⁉」

「あははは！　冗談だよ！　それに、留学には佳織が一緒に行ってるんだし、大丈夫さ」

「それもそうだな！　向こうでも色んなことやって、大活躍してるんじゃねえか？」

亮がどこかワクワクした様子でそう口にすると、凜がふと思い出した様子でスマホを取り出す。

「あ！　そういえば、少し前にSNSで、海外で話題になった動画が流れてきたんだけど……これ、優夜じゃないかい？」

「え？」

凜の差し出したスマホを覗き込む亮たち。

するとそこには、優夜が華麗にオリヴィアを救出している動画が流れていた。

「ね、ねえ、これって……」

「あ、あの世界的な女優のオリヴィアさん、だよね……？」

「何をどうしたらこうなるんだい⁉」

思わずツッコむ晶に対して、凜はカラカラと笑った。

「あはははは！　どこに行っても、やっぱり優夜だねぇ！　亮の言う通り、海外でも大活躍してるじゃないか！」

「いやいや、笑いごとじゃないから！　つか、この状況はなんだよ⁉」

「何でも、映画の撮影現場に居合わせた優夜が、足を滑らせて屋上から落ちそうになったオリヴィアさんを助けたらしいよ」

「何だよ、その映画みたいな展開……」

「え、映画の撮影以上に映画的だね……」

「……ってことはこの動画、ＣＧじゃないってことだよな？」

「う、うん。というより、優夜君ならこれくらいできても不思議じゃないよね」

「そうなんだよなぁ……」

全員、今までの優夜の活躍を思い出して遠い目を浮かべる。

すると、亮はニヤリと笑った。

「まあでも、こんな風に活躍してる優夜がいないってなると、そりゃあ学校も物足りなくなるってもんだろ！」

「そ、そうだね。ま、まあ優夜君自身は、目立ちたくて目立ってるわけじゃないんだろうけど……」

「あー……まあねぇ。あの子、性格的には控えめだし……」

「僕としては羨ましい限りだけどね！」

「確かに。優夜と晶の性格が逆なら……いや、それは嫌だね」

「どういう意味だい!?」

いつも通り晶がイジられ、皆が笑っていると、ふと亮があることを思いつく。

「そうだ！　優夜が帰ってくる頃って、ちょうどクリスマスだろ？」

「あー……言われてみれば、もうそんな時季だねぇ」

「そ、それがどうかしたの？」

「せっかくだし、優夜と佳織の帰国祝いも兼ねて、クリスマスパーティーでもやらないか!?」

そんな亮の提案に、楓たちは目を輝かせる。

「ええー！　いいじゃん、やろうよ！」

「そうだねぇ。特に予定もないし……」

「う、うん。僕もいいよ」

楓、凜、慎吾がそれぞれ賛成を口にする中、晶は申し訳なさそうな表情を浮かべた。

「ごめんよ。僕はその日、バイトがあってさ……」

「お、マジか」

「でも、僕のことは気にせず、楽しんできてよ！」

晶はそう言うと、ふと時計に目を向けた。

「おっと、そんなことを言ってたら、今日のバイトの時間だ！　すまないが、ここから僕は【バイトの貴公子】なんでね！　先に失礼するよ！」

そして、すぐさま帰り支度を調えると、颯爽と帰っていった。

その姿を見送りながら、亮が口を開く。

「そういやアイツ、いつも一緒に遊べないんだよなぁ」

「い、言われてみればそうだね」

「クリスマスもだけど、この後もバイトって……」

「何だい？　アイツ、お金ないのかな？」

「よくよく考えたら、晶のこと、あんまり知らないんだよな」

ふと亮が零（こぼ）した言葉に、慎吾たちは黙った。

確かに、実は晶のことを詳しく知る者が、この場にいなかったからだ。

「まあ、今年のクリスマスは難しくても、また来年は晶も交えて遊ぼうぜ」

「うん、そうだね！」

皆は頷（うなず）くと、帰国してくる優夜たちとのクリスマスパーティーについて、話し合いを始めるのだった。

エピローグ

「ぷぉおん♪」

「え、えっと……」

地球の神々を呆気なく倒してしまった後。

呆然とする俺たちに対してベヒモスは、言われた通りに頑張ったよ！　褒めて！　と言わんばかりに、こちらに駆け寄って来たのだ。

とはいえ、このまま突進されると俺たちは踏まれて死んでしまうため、ベヒモスに落ち着くようにお願いすると、やはり俺の言うことを聞いて大人しくなる。

い、一体何が起きてるんだ……？

混乱する俺に対して、今まで事の成り行きを見守っていたサーラさんが口を開いた。

「まさか……優夜さん！」

「は、はい！」

「もしかしてですが……神々の力が使えたりしますか……？」

「え？　い、いえ、神力は使えないですけど……ただ、似たような力の《神威》なら使えます」

俺がそう答えると、サーラさんは目を輝かせる。

「それです！　それこそが、ベヒモスが優夜さんの言うことを聞いている理由です！」

「ど、どういうことでしょうか……？」

困惑する俺に対して、サーラさんは言葉を続けた。

「先ほどもお話した通り、ベヒモスは神々の力が結集されて生み出されました。そのため、神の力を持つ者からの命令だけを聞くように創られているのです。そして、かつて私の時代では、神々だけがその力を持っていました」

「な、なるほど」

「しかし、ここにきて、ヤツらの誤算だったのは……神々と同等の力を持つ優夜さんの存在です。もちろん、本来それだけではベヒモスは優夜さんの言うことを聞かなかったでしょう。しかし、ムーアトラの民によって力を失い、その上、人間の身に堕ちた神々の力は、優夜さんの力に遠く及ばなかったのです。よって、神々を超える力を有する優夜さんを、ベヒモスは新たな主として認識したのでしょう」

「そ、そうなのか？」

「ぷぉん！」

「本当だった……」

サーラさんの言葉に元気よく頷くベヒモス。

何と言うか……予想していなかった戦いの決着に驚きを隠せないが、ここで『神威』が活きるとは思いもしなかった。

とはいえ、ベヒモスのおかげで神々を倒せたのも事実。

俺はベヒモスの身体に手を当てた。

「ありがとな」

「ぷぉん♪」

俺の言葉に、ベヒモスは嬉しそうに鳴いた。

すると、サーラさんは感傷気味に呟く。

「想像していた形とは違いましたが……本当に、神々との戦いは終わったんですね……」

「あ……」

そうだ、サーラさんは神々に復讐することだけを考えて生きてきたんだ。

そして、目の前にいるベヒモスもまた、かつてはサーラさんたちを攻撃した存在なのだ。

俺が事の行方を見守っていると、サーラさんはベヒモスを見つめる。

「正直な話、お前をここで殺してしまいたい」

「ぷぉ……」

サーラさんの言葉や思いが理解できるからか、ベヒモスは悲しくも、どこか納得しているような声を上げた。

しかし……。

「だが、お前もまた、神々による被害者だ。意図せず生み出され、神々のいいように使われてきた存在。そんなお前が、私の代わりに神々を滅ぼしてくれた。それでもう、私は満足だ」

「ぷぉん……」

「その、いいんですか？」

思わず俺がそう声をかけると、サーラさんは頷く。

「はい。散々馬鹿にしてきた人間の肉体に堕ち、その上、衰えた神々の力で生み出した神獣の手によって殺されるという、神々にとって一番惨めな最期を見ることができましたから」

言われてみれば……身を隠すためだったとはいえ、人間の肉体を使っていた神々には、扱える神力にも限界があったのだろう。そして、その神力が俺の『神威』に劣っていた結果、自身の創造物によって殺されることになったのだ。

そう考えれば、かなり哀れな最期だったと言える。

サーラさんの言葉に俺が納得していると、サーラさんは言葉を続ける。

「それで、このベヒモスはどうしますか？」

「あー……そう、ですね……」

そうだ、サーラさんがベヒモスを許したとしても、このまま放置するわけにはいかない。

何より今、街は神兵の群れが現れたというニュースで大パニックになっているだろう。

そのことを考えると、頭が痛くなる……。

ひとまず転移魔法で佳織(かおり)の家に帰ることは可能なので、俺たちの姿が誰かに見られる心配はない。

だが、ベヒモスはそういうわけにもいかなかった。

「そもそも、お前はどうしたいんだ？」

「ぷぉ？　ぷぉん♪」

「おおぅ……」

俺の問いかけに対してベヒモスは、ついて行くー！　と言わんばかりに、俺に擦り寄ってきた。

うーん……あ、そうだ！

俺はあることを思い出すと、【アイテムボックス】からとある物を取り出す。

それは……。

「一緒に来るなら、これを食べてくれ」

「ぷぉん？」

俺が差し出したのは、『大小変化の丸薬』だ。

これのおかげで、ベヒモスほどではないにしろ、巨大だったオーマさんの身体は小さくなり、アカツキは身体を大きくすることができるようになった。

そんな丸薬を、ベヒモスは躊躇(ちゅうちょ)なく口にする。

すると、ベヒモスの身体が光り始め、やがてその光が収まると……俺たちの目の前にはナイトたちほどのサイズにまで小さくなった、ベヒモスがいた。

「ぷぉ？　ぷぉぉん！」

最初こそ自分の変化に驚いていたベヒモスだったが、すぐに楽しそうにその場で跳ねまわる。

恐らく、生まれた時からあの大きさだったのだろう。それを考えると、ある意味小さい身体というのは自由が利(き)いて、楽しいのかもしれないな。

「そういえば『ベヒモス』がこの子の名前なんですか？」

「さあ……私たちは一種の種族名として捉えていましたけど……」

「なるほど……なあ、お前は名前がほしいか？」

「ぷぉん！」

俺の問いに、ベヒモスは頷いた。

というのも、これからベヒモスも俺たちについて来るのなら、名前が必要だと思ったのだ。

「そうだな、じゃあ……ドンはどうだ？」

安直かもしれないが、コイツが召喚された時、灰色の空が落ちてくるように見えた。

そこで、灰色の空……つまり、曇りから名前を取ったわけだ。

「ぷぉん！」

そんな俺が提示した名前に、ベヒモス……改め、ドンは嬉しそうに鳴く。

「よし！　これからよろしくね、ドン！」

「ぷぉぉぉぉぉん！」

——こうして、俺は新たな家族を迎え入れ、神々との戦いに終止符を打ったのだった。

＊＊＊

ドンを家族に迎え入れた俺は、転移魔法を使って、先んじてドンとサーラさんを日本の家に送り届けた。

そして、俺自身は海外から佳織と一緒に、飛行機で帰って来たわけである。

ちなみに一瞬とはいえ、大勢の人々に見られた神兵の群れだが……やはりニュースで取り上げられる事態に発展したものの、それ以降、どこにも姿を確認できなかったため、調査をすることもできないようで、このままいけばやがて忘れ去られていくだろう。

しかし、ニュースを見た佳織には、今回の一件に俺が絡(から)んでいることが分かっていたようだった。

その後、俺は佳織に、無事に事態を解決したことを説明したのだが……。

「優夜さんがすごいのは十分理解しています。ですが……本当にお身体には気を付けてくださいね？」

佳織にそう心配されてしまった。

「ただいまー」

俺としては、これ以上変なことに巻き込まれず、平穏に過ごしていたいんだけどね……。

それはともかく、帰り際には何事もなかったので、一安心した。

空港で佳織と解散した俺が家に着くと、レクシアさんたちが出迎えてくれる。

「おかえりなさいませ、ご主人様！」

「ようやく帰って来たのね、ユウヤ様！」

「ユウヤ、サーラから話は聞いたぞ。向こうでも大活躍だったみたいだな」

「大変。いつも忙しそう。大丈夫？」

「あ、あはは……大丈夫、だといいな。皆はどうだった？」

俺がそう訊くと、レクシアさんが答える。

「すっごく退屈だったわ！」

「ええ⁉」

「……ユウヤ、気にするな。コイツは普通に楽しく生活していたからな」

「ちょっと、ルナ⁉」

「安心。メイコのおかげで、不自由しなかった」

「お役に立ててよかったです！」

俺がいない間、冥子がしっかりと皆のお世話をしてくれたようだ。

色々任せっきりになってしまって申し訳ないものの、冥子は皆の世話をするのが楽しいと言ってくれている。

本当にありがたいかぎりだ。

「それよりも、サーラさんたちは？」

ユティの言葉に苦笑いを浮かべながら俺がそう訊くと、ルナが呆れた様子で答える。

「大丈夫だ。ただ、疲れていたようで、今は眠っている。それにしても、新たな家族が神獣とは……この家は一体どうなってるんだ？」

「そう言われましても……」

まあ色々なことに巻き込まれているが、そのおかげでナイトやレクシアさんたちとも出会えているんだ。すべてが悪いわけじゃない。

そんな風に考えないと、やってられないしね。

俺たちがそんなやり取りをしていると、奥からサーラさんとドンがやって来る。

「あ、ユウヤさん」

「サーラさん！　大丈夫ですか？」

「はい。力はともかく、体力的には回復しました」

「ぷぉ」

「そうですか……あ、そうだ、せっかくだし、皆に俺から改めてドンを紹介するね」

俺がそう言うと、ドンは一歩前に出る。

「この子が、新しい家族になったドンだ。サーラさんから簡単な説明はあったと思うけど、元々は地球の神々が生み出した神獣だったんだけど……色々あって一緒に暮らすことになったんだ」

「ぷぉおん♪」

俺の紹介を受けたドンは、よろしくねーと言わんばかりに楽し気に鳴いた。

すると、さっそくナイトたちがドンに近づく。

「わふ」

「ふご？」

「ぴぴ！」

「にゃあ」

ナイトは長男っぽく、ドンを迎え入れた。

逆にアカツキはよく分かっていないのか、首を傾げており、シエルは興味津々と言った様子でドンの周りを跳びはねている。ステラはもう心を許したのか、ドンに身を擦り寄せてリラックスしていた。

その光景を眺めていると、オーマさんが呆れた様子で口を開いた。

『まったく……また一段と騒がしくなりそうだな』

「す、すみません」

『フン、謝る必要はない。何かと巻き込まれがちな主からすれば、心強い味方だろうしな』

うぅ……オーマさんの言う通り、色々なトラブルに巻き込まれてはいるが、好きで巻き込まれてるわけじゃないんだよな……。

それはともかく、ドンの紹介が終わったところで、サーラさんに訊ねた。

「そう言えば、サーラさんはこの後どうするんですか？」

「え？」

「そうよ！　サーラは神々への復讐を終えたのよね？」

「あ……そうですね……」

レクシアさんの問いかけに、サーラさんは頷く。

「まさか、本当に復讐が終わるなんて思ってもいなかったので……その先のことなんて考えてもいませんでした」

「何かやりたいことはありますか？　もしあれば、できる限り力になりますけど……」

遥(はる)か昔の時代に生きていたサーラさんが、いきなりこの時代で生きていくのは難しいだろう。

だからこそ、俺としてもできる限りのサポートはしようと考えていた。

すると、サーラさんはしばらく悩む様子を見せたが、やがて一つ頷く。

「……決めました」

そして、決意の籠もった表情で高らかに宣言した。

「私は——ここに住みます！」

「え、ええ？」

いや、まあそれは構わないんだが……。

「部屋も余ってますし、俺としては構いませんけど……どうして急に？」

「それは、恩返しのためです」

「恩返し？」

予想外の言葉に俺が驚く中、サーラさんは頷く。

「はい。私は、ユウヤさんのおかげで神々への復讐を遂げることができました。だからこそ、その恩返しをするためにも、ユウヤさんを傍で支えたいと思います！」

「いや、そこまでしなくても……」

「いいえ！　任せてください！」

俺が何を言おうとも、サーラさんの決意は固いようだった。

た、確かに行く当てのないサーラさんを放り出すわけにもいかないので、俺の家で生活しながらこの時代に慣れてもらうのは構わないんだが……恩返しまでは求めていなかった。

うーん……ひとまず一緒に生活していけば、そのうちやりたいことも見つかるかな……。

そんなことを考えていると、ふとレクシアさんがあることを思い出す。

「あ、そういえば！　ユウヤ様がいない間に来客があったの！」

「え、来客？」

誰だろう？　学校の友人なら、俺が留学中だってことを知ってるはずだし……。

「ええ。ユウヤ様にすごく似てる人だったけど……」

「お、俺に？」

普通、俺に似てると言われれば、真っ先に家族が頭に浮かぶだろう。

しかし、陽太たちを始め、俺は家族の誰にも似ていない。

それなら……また、並行世界から別の俺が来たとでも言うんだろうか？

頭に疑問符が浮かぶ中、家のインターホンが鳴る。

「あ、俺が出るよ」

皆にそう伝えて、俺は玄関に向かった。

すると――。

「み、見つけた……！」

「え？」

どこか、近未来的な衣服を纏(まと)った青年が、俺を見て、感激した様子で立っていたのだ。

しかも、その青年は俺を見つけるや否(いな)やすごい勢いで、一風変わった腕輪を操作し始めた。

「すみません！」

「は？　いや、何を――」

すると突然、俺の腕を摑(つか)んでくる。

「一緒に……未来に……来てもらいます！」

何が何だか分からず困惑していると――――俺の視界が、暗転するのだった。

あとがき

この作品をお手に取っていただき、ありがとうございます。

作者の美紅です。


今巻の内容についてですが、地球の神々との戦いがついに終わり、優夜にドンという新たな家族ができました。

ドンは、第14巻では『狼や獅子のような姿』と表現していましたが、なんとなく「象もいいなぁ」と思ったので、今回の話で書かれているような方法で姿が変わりました。

そんなドンですが、かつては地球の神々にとっての玩具兼武器として、自分の意思とは関係なく操られてきました。

そして今回もまた、地球の神々の都合によって復活させられたものの、地球の神々が弱体化しており、かつ優夜の方が神としての強い力を持っていたため、支配権が自然と優夜に移る形になりました。

最終的に地球の神々は、元々は自身の玩具に過ぎなかったドンによって滅ぼされてしまいました。

ここら辺の流れは、以前、優夜がシエルを家族に迎え、アヴィスを滅ぼした時と似たものになっております。

特に意識していませんでしたが、もしかしたら優夜の新たな家族が登場するたびに、敵は呆気ない最期を迎えるのかもしれませんね。

そして今回は地球の神々との戦いがメインだったということで、久しぶりに話の舞台が地球となりました。

佳織の婚約騒動に加え、海外での映画撮影に、テロリストたちとの戦闘など、地球でのイベントが多くなっています。

異世界でのドタバタも書いていて楽しいのですが、現実世界でのドタバタは書けば書くほど、我ながら滅茶苦茶だなぁと思いつつ、自分なりに楽しんでおります。

皆様にも、そんな滅茶苦茶具合を楽しんでいただけたのなら幸いです。

さらに今回は、亮や慎吾たちといった、王星学園の面々も登場しております。

その上、話の流れ的に、次巻にも登場して何か大きなイベントが起こりそうですが……現状、私もどうなるのかまったく分かっておりません。

そして最後の場面で、優夜は未来から来た人物に連れ去られてしまいました。

なので、次巻の内容は未来編と王星学園のメンバーたちとのイベントがメインになるかと思いますが……これもまたどうなるのかは、未来の私だけが分かることでしょう。少なくとも今の私には見当もつきません。

読者の皆様も、私と一緒に、どうなるのかお楽しみに。

話は少し変わりまして、本作のスピンオフである『ガールズサイド』のコミカライズがスタートしました。

作画を担当してくださっているのは瀬尾みいのすけ先生です。

非常に綺麗かつ可愛らしい絵柄で、戦闘シーンも迫力があり、さらに琴平稜先生の面白い原作が相まって、読んでいて非常に楽しめる内容になっております。

ぜひ、こちらの作品も読んでいただけると嬉しいです。

また、港川一臣先生が手がける本作のコミカライズの最新刊が、本巻と合わせて今月末旬に発売となりますので、ぜひ読んでいただけると幸いです。

他作品ではありますが、同じくファンタジア文庫様から出させていただいている『武神伝』のコミカライズもスタートしました。

こちらの作画は木友奏多先生に担当していただいております。

読んでいてとても惹き込まれる作画に、原作を書いている私自身も続きが気になるほどなので、ぜひこちらの作品も、コミカライズ、原作小説、共に読んでいただけると嬉しいです。

そして今年は『いせれべ』シリーズ五周年ということで、文庫の帯にも書いてあるかと思いますが、記念すべき年にちなんだ様々な企画が動き出しているようです。

こちらもぜひお楽しみに。

さて、今回も大変お世話になりました担当編集者様。

今回も素敵なイラストを描いてくださった桑島黎音様。

そして、この作品を読んでくださっている読者の皆様に、心より感謝を申し上げます。

本当にありがとうございます。

それでは、また。

美紅

お便りはこちらまで

〒一〇二−八一七七
ファンタジア文庫編集部気付
美紅（様）宛
桑島黎音（様）宛

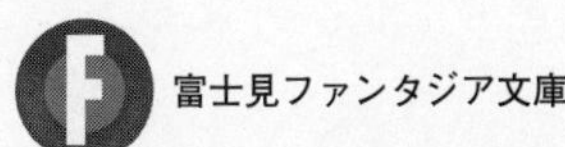

異世界でチート能力を手にした俺は、現実世界をも無双する16
～レベルアップは人生を変えた～

令和6年7月20日　初版発行

著者——美紅

発行者——山下直久

発　行——株式会社KADOKAWA
〒102-8177
東京都千代田区富士見2-13-3
0570-002-301（ナビダイヤル）

印刷所——株式会社暁印刷

製本所——本間製本株式会社

ISBN978-4-04-075497-0 C0193 ◇◇◇

ティナ
四大公爵家の
ひとつ、ハワード家に
生まれた公女殿下。
なぜか誰でも扱える
程度の魔法すら使う
ことができない。

無自覚最強ハーレム！
シリーズ
好評発売中！
妹が女騎士学園に入学したらなぜか救国の英雄になりました。
ぼくが。
僕
After my sister enrolling in Girl Knights'School, I become a HERO.
author.
ラマンおいどん
ill. なたーしゃ
ファンタジア文庫

STORY

妹を女騎士学園に送り出し、さて今日の晩ごはんはなににしよう、と考えていたら、なぜか公爵令嬢の生徒会長がやってきて、知らないうちに女王と出会い、男嫌いのはずのアマゾネスには崇められ……え？　なんでハーレム？